Nós, os Caserta

F☀SF☀R☀

AURORA VENTURINI

Nós, os Caserta

Apresentação
CLAUDIA PIÑEIRO

Prefácio
MARÍA PAULA SALERNO

Tradução
MARIANA SANCHEZ

APRESENTAÇÃO

Confraria Venturini

Declaro que pertenço à confraria de admiradores de Aurora Venturini. Cheguei a essa escritora como grande parte de seus leitores: de modo tardio e entusiasmada pelo assombro de um leitor anterior. Era o ano de 2007, Venturini tinha acabado de ganhar o prêmio Nueva Novela do jornal *Página/12* pelo livro *As primas* e, naqueles dias, eu costumava me encontrar com meu professor, Guillermo Saccomanno. Não me recordo com que desculpa nem onde, mas com certeza para falar de livros e de literatura. Guillermo havia sido um dos jurados do concurso e, na ocasião, recomendou fervorosamente que eu lesse o romance vencedor. Lembro-me de ele me contar que, antes de ser revelado o nome real, ele e outros jurados especulavam a respeito de quem seria a pessoa por trás do pseudônimo "Beatriz Portinari". A vencedora havia apresentado seu manuscrito datilografado à máquina, com rasuras e papeizinhos colados como marca de correções. Para alguns, o rascunho em questão chegava a ser tosco. Vários jurados apostavam que o autor devia ser um jovem engraçadinho e atrevido que queria enganá-los sobre sua identidade. Porque, claro, embora não houvesse limite de idade para os concorrentes, por se tratar de uma *"nueva* *novela*",* a expectativa era de que a maioria fosse jovem. Por isso, quando irrompeu na cerimônia de premiação aquela senhora esguia que trouxeram de La Plata, uma mulher que já de cara parecia ter mais de oitenta anos, que diferia tanto de qualquer suposição identitária prévia, muita gente ficou surpresa.

Ainda guardo na lembrança uma de suas frases daquela noite: "Finalmente um júri honesto". Porque, para além do elogio àqueles que a haviam escolhido, a frase escondia certa raiva ou tristeza por tantos anos sem ser notada, apesar de escrever desde sempre, de contar com vários livros publicados, de ter circulado em meios literários por diversos cantos do mundo, aos quais muitos de nós jamais teríamos acesso. A partir daquela noite, o prêmio significou um reconhecimento diferente para ela, um boca a boca de leitores fascinados, fanáticos, quase fundamentalistas, dispostos a convencer os outros a ler Aurora Venturini, a não perdê-la, como a teríamos perdido se ela não tivesse sido escolhida naquele concurso.

Nós, os Caserta, chega às livrarias depois de *As primas*, embora sua escrita seja anterior. Fiquei feliz que nele já estivesse presente seu fabuloso e desaforado universo literário. Talvez, inclusive, exposto de modo mais brutal. Famílias monstruosas, personagens anões ou cabeçudos, descendentes disformes aos olhos de certa "normalidade" relativa, pais distantes ou mesmo violentos em sua indiferença, todos eles circulam por *Nós, os Caserta* como peixes em seu habitat natural.

[...] papai era cruel, e sei disso por experiência própria, cruel e hostil. O pai do meu pai, meu avô, viveu em Paris a vida inteira, esbanjou o quanto pôde sem chegar a quebrar os cofres que o tenaz imigran-

---

* Em espanhol, "romance contemporâneo". [Esta e as demais notas são da tradução.]

te enchera. As mulheres da minha família eram velhas de medo e preconceito. Meus parentes maternos, de San Juan, plantaram apenas a árvore genealógica, que não serviu para porra nenhuma.

Desde o início do romance, percebe-se que estamos diante de uma inteligência superior. Na verdade, duas inteligências superiores: a da autora e a de Chela, a protagonista narradora, que se manifesta na prosa, nos solilóquios, na construção dos personagens e até mesmo nas citações utilizadas por Venturini. O sistema de citações que começa com a epígrafe provoca a mesma admiração e suspeita que sentimos quando lemos Jorge Luis Borges: existiu realmente esse filósofo? Há uma enciclopédia com esse nome? A diferença de uma letra no sobrenome do autor é um erro ou é proposital? O escritor ou a escritora mencionados de fato disseram o que Venturini cita?

Desde a epígrafe de *Nós, os Caserta* me fiz perguntas semelhantes. Sabia que estava diante de uma autora erudita, mas também de uma escritora que não se furta ao humor sombrio — ou melhor, que o cultiva com acidez. Antes de cada citação, precisei confirmar se a obra original existia ou se era fruto da extraordinária inventividade de Venturini. Por vezes, procurei arduamente até encontrar a peça original; por outras, me rendi ou a descartei. Tanto a pintura de Dürer, *Melancolia I*, quanto a *canzonetta* siciliana, epígrafe do romance, me tomaram um bom tempo de pesquisa. O quadro de Dürer eu sabia que existia, mas não me lembrava da imagem. Quando estava no ensino médio, durante as aulas de história, nos passaram um trabalho sobre algum pintor renascentista, e o meu grupo escolheu Albrecht Dürer. Ainda tenho frescas na memória outras de suas obras: retratos de homens ou de mulheres, vários de seus autorretratos, uma lebre jovem. Hesitei, procurei e lá estava a obra citada, exatamente como Aurora a descrevia com suas palavras. Era assim que Chela se sentia no mundo que habitava.

[...] sou *A alegoria da melancolia* de Albrecht Dürer, e meu recinto é o mesmo entorno do personagem.

No meu sótão da mansão de campo todos os objetos do exílio estão ao meu redor. Enquanto apoio a cabeça fervente e malárica na mão esquerda, na direita seguro um compasso de inútil espera. Estão aqui a escada que não leva a lugar nenhum, o cupido sentado na roda enferrujada, o sino quebrado, os relógios sem música, a balança desequilibrada, o cão famélico. Só faltam os símbolos que Dürer incluiu na gravura e que são de esperança, a estrela do fundo e aquele selo de dezesseis números que somam trinta e quatro em qualquer sentido, garantindo fausta solução para qualquer problema.

Encontrar a *canzonetta* foi mais difícil. Na citação, havia erros de digitação que o tradutor do Google não conseguia suplantar. A busca não estava funcionando. Aquela canção existia? "Fuoco di Paglia", que aparece embaixo e como assinatura, é o autor? Telefonei para um amigo italiano. Ele não a conhecia, mas corrigiu as palavras erradas e então apareceu a citação. Era uma *canzonetta* de autor anônimo, que havia sido votada num programa de rádio como a mais popular da Sicília: "Agora que você matou meu amor,/ o mar escurece,/ enquanto meu coração/ está cheio de tristeza". "Fuoco di Paglia" não é a assinatura, mas sim o título da música. Eu adoraria ouvi-la cantarolada por Aurora. Tenho certeza de que deve tê-la entoado mais de uma vez.

O romance tem uma estrutura circular que se inicia com uma fotografia infantil e se encerra depois que Chela viaja à Europa — e, coincidentemente ou não, acaba na Sicília. Não à toa, em alguma edição anterior, o livro se chamou *L'Isola* (*Crónicas sicilianas*) [A ilha: crônicas sicilianas]. A família paterna de Chela era desse lugar do Sul da Itália, e ali vivia sua tia-avó Angelina, uma das duas pessoas que ela confessa ter amado de paixão na vida. Nossa estranha heroína deverá chegar a esse lugar para terminar de entender quem é, mas antes passará por confinamentos, vicissitudes, desprezos, amarguras, amores, seitas, amizades, viagens, tristezas e mais confinamentos. Algumas pessoas a amaram, outras não. Pouquíssimas a entenderam. Assim a descreveu sua professora, preceptora e psicóloga, María Assuri, no relatório que sua família lhe pediu quando Chela ainda era criança:

> Espero que Chela entenda até que ponto pode ser prejudicada por sua total inconveniência, por seu exagerado afã de superação e sua anormal condição de superdotada. [...] Essa menina — já adolescente — é como um barco difícil de comandar. Pessoalmente, creio que se trata de um ser excêntrico e sádico. [...] Chela carece de sentimentos para com seus semelhantes e ama apenas os animais.

A professora Assuri não parece amá-la nem entendê-la. Pelo contrário: qualquer leitor do romance concluirá que Chela é muito mais interessante do que supõem aqueles que a estudam e a descrevem. Pelo menos eu não tenho dúvidas, e é por isso que estou tão animada com o fato de que, a partir desta edição de *Nós, os Caserta*, muitos mais descobrirão beleza na feiura, riqueza na estranheza, fragilidade na atitude firme diante do desprezo e amor na tristeza, pelas mãos de Aurora Venturini, e como só ela é capaz de conseguir.

CLAUDIA PIÑEIRO
Escritora, dramaturga, roteirista e colaboradora de diversos veículos impressos. É uma das autoras argentinas mais traduzidas para outros idiomas, tendo recebido prêmios nacionais e internacionais.

PREFÁCIO

Uma nova edição a partir dos arquivos*

Em janeiro de 2015, recebi um e-mail de Aurora Venturini com apenas uma linha: "Prezada Paula, entre em contato comigo por mensagem. Aurora". Ela queria e exigia que eu me tornasse sua secretária. Minha tarefa consistia em ir a sua casa uma vez por semana para transcrever seus textos, levá-los impressos quando ela quisesse corrigi-los, ler os escritos em voz alta e gerenciar a comunicação com sua agente literária e seus editores. Havíamos nos conhecido anos antes, no período em que ela estava se recuperando de um acidente no quadril. Telefonei para lhe contar que desejava começar uma investigação sobre sua obra literária e que, para isso, precisava ter acesso aos arquivos de seus textos. Como ela ainda estava em reabilitação, agendou comigo para dali a alguns meses. No dia em que me recebeu pela primeira vez, foi ela que me investigou. Passamos horas conversando, lendo, interpretando, fuçando a biblioteca e móveis de onde saía todo tipo de papéis acumulados e guardados sem organiza-

---

* María Paula Salerno, *La voz literária de Aurora Venturini y de Ana Emilia Lahitte: archivos de escritura, génesis textual y edición crítica*. Universidade Nacional de La Plata. Faculdade de Humanidades e Ciências da Educação, 2020. Tese (doutorado).

ção depois de uma vida inteira dedicada à literatura. Era 18 de outubro de 2011, e sei disso porque está anotado no exemplar da edição espanhola de *Nós, os Caserta* que ela me ofereceu com esta dedicatória: "Uma história de família para Paula durante sua entrevista". Não foi o único presente daquele dia. Tarde da noite, e diante da imensa bagunça de documentos em que a sala se transformara, Aurora perguntou: "Chamo um táxi pra você?". Devo ter feito uma cara de perplexidade, pois não costumo pegar táxis, prefiro caminhar, e não morávamos longe. Mas, antes que eu pudesse pensar o que dizer, ela acrescentou: "Porque, se não, como você vai levar tudo isso?". Fui de táxi para casa com um tesouro de papel. Mais alguns anos se passaram até que decidi dedicar meu doutorado em letras ao estudo específico de *Nós, os Caserta*. Talvez ela, com sua declarada alma de bruxa, tenha planejado tudo desde o início.

Aurora Venturini não teve filhos. O medo de reproduzir seres monstruosos que ecoa em seus escritos era perceptível também em seus olhos e naquilo que ela dizia e calava. Aurora Venturini escrevia, e escrevia até a exaustão. Ela vivia na letra manuscrita estampada em seus cadernos, nas histórias inventadas por sua voz exígua e nos episódios fabulados em seus contos e romances. Narrar era sua forma de se narrar, de multiplicar-se em mundos possíveis, de ser e expandir-se na vida e na literatura. As fronteiras entre o ficcional e o experiencial se perdem em suas narrativas, e versões distintas circulam contentes em se encontrar. Quando se dá o encontro, aparecem o sorriso maroto e o olhar sagaz de quem os trama. Se as referências se ocultam, é porque os textos estão vivos.

Os tempos mudam e as obras também. As dinâmicas da história requerem soluções materiais e simbólicas para que os escritos continuem circulando e despertem o interesse de novos leitores. Aurora Venturini sabia disso e trabalhou desde sempre para manter a vitalidade de seus textos, que se metamorfosearam a fim de avançar no mundo editorial. *Nós, os Caserta* é, entre todos os seus romances, o que narra uma história textual mais rica, por vezes envolta numa aura de incerteza e mistério, como a própria vida da autora. O processo criativo dessa ficção remonta aos anos 1960, quando Venturini começou a incursionar pela escrita criativa. Naquela época, o texto circulava sob outros títulos e com outra estrutura, em tomos datilografados que foram apresentados a diversas instâncias de concursos literários. Segundo as versões disseminadas nos paratextos, esse romance — alternativamente intitulado de *Los bichos del desván*, *Las islas* e *L'Isola* (*Crónicas sicilianas*) —* ganhou prêmios internacionais em 1969, 1982 e 1988. No entanto, a primeira edição que hoje se conhece apareceu em 1992, por intermédio de Pueblo Entero, selo editorial muito associado à figura do historiador Fermín Chávez, que fora marido da escritora. A segunda edição, pouca coisa diferente da anterior, viu a luz pela Corregidor no ano 2000. Porém, nenhuma das duas teve grande repercussão. Aurora Venturini era conhecida apenas por um círculo seleto de leitores.

Anos mais tarde, o sucesso de *As primas* concedeu à narrativa dessa velha escritora da cidade de La Plata um lugar sem precedentes no mundo editorial. O nome e a imagem da autora brilharam na imprensa, e essa fama despertou a curiosidade de leitores e editores, que saíram em busca de suas obras prévias. Assim, mesmo sendo uma ficção "de outro tempo", *Nós, os Caserta* sucedeu *As primas*. Com a edição da Caballo de Troya na Espanha e da Mondadori na Argentina, em 2011 o título chegou às mãos de um grande público leitor. Evidentemente, os contextos que envolveram a preparação das novas edições respon-

---

* Respectivamente: Os bichos do sótão, As ilhas — em espanhol; A ilha (crônicas sicilianas) — em italiano.

diam a dinâmicas de produção, divulgação e recepção muito diferentes daquelas de décadas anteriores, fazendo com que o romance tivesse de se adaptar aos tempos para adquirir vitalidade. É por isso que as últimas publicações de *Nós, os Caserta* foram apresentadas com significativas variações, tanto em termos de projeto editorial quanto de texto e paratexto. Desse modo, entre os leitores de Venturini, circulam hoje versões distintas da mesma ficção.

De minha parte, estudei minuciosamente as mutações da obra ao longo do tempo. Cotejei as quatro edições e todos os documentos de gênese recuperados do arquivo pessoal da escritora, a fim de compreender a série de transformações materiais que o romance sofreu e suas possíveis interpretações. Essa tarefa me levou a observar que, além das mudanças intencionais feitas pelos editores com o objetivo de reabilitar o texto para sua inclusão em coleções literárias específicas, as novas edições traziam um número significativo de erros provenientes de descuidos que são comuns nos processos de produção de um livro e que, infelizmente, prejudicam a leitura.

Minha pesquisa serviu de base para a edição revista que oferecemos hoje, diferente de todas as anteriores e que, portanto, representa mais uma metamorfose na vida textual de *Nós, os Caserta*. Juntamente com Liliana Viola, herdeira de Aurora Venturini, e com Paola Lucantis, editora da Tusquets na Argentina, trabalhei para estabelecer um texto que fosse fiel ao estilo particular de Aurora Venturini e, ao mesmo tempo, soubesse responder aos requisitos do mundo editorial contemporâneo. Assim, optamos por manter a estrutura em 26 capítulos com títulos, como apresentada nas últimas edições do romance, mas intervimos no texto para corrigir erros, reincorporar passagens omitidas e resgatar formas expressivas características da poética venturiniana que haviam sido normalizadas. Com isso, apostamos na revalorização das marcas escriturais de outro tempo, vivas nos tesouros de papel que a autora nos legou. Graças a esse minucioso trabalho, o leitor atento poderá, entre outros detalhes, detectar o gosto pelo esotérico e a herança neorromântica que sempre pontuaram a narrativa mordaz de Aurora Venturini, e que conferem à sua linguagem literária uma combinação elegante e singular.

MARÍA PAULA SALERNO
Professora universitária e pesquisadora argentina, especializou-se no trabalho com arquivos literários e edição crítica de textos modernos das escritoras Aurora Venturini e Ana Emilia Lahitte.

Edição revista e corrigida com base na pesquisa de María Paula Salerno sobre a gênese textual e a trajetória editorial de *Nós, os Caserta*, levando em conta os manuscritos da autora, suas notas em provas de revisão e as sucessivas edições do romance desde 1992.

Aos meus primos
Caserta e Tomasi di Lampedusa

Ore che tu hai ucciso
il mio amore,
Si è oscurato il mare,
mentre il mio cuore
è pieno di dolore.
Amore!

Fuoco di Paglia

... e tenho quase a impressão de que aquilo que escrevi
nestas folhas, e que agora você, leitor desconhecido, lerá,
não é mais que um centão, um carme figurado, um imen-
so acróstico que não diz nem repete nada além daquilo
que esses fragmentos me sugeriram, como também não
sei mais se quem falou até agora fui eu ou se foram eles
que falaram pela minha boca.

Umberto Eco

... Pictoribus atque poetis
Quidlibet audendi semper fuit
aequa potestas.
[Os pintores e os poetas
sempre gozaram da plena liberdade
de tudo ousar.]

Horácio

A fotografia

Na sala de espera de uma clínica em La Plata, voltei a ver a cabeça de Luis, um capitel lascado, sinistramente posto entre os ombros da sua segunda esposa. Agora sei que o perdi para sempre e por toda a eternidade, entendo que jamais sentirei seu toque, tão doce e tão meu naquela época, pois seu segundo casamento deve ter sido uma união feliz, e por isso ela pôde salvar sua cabeça da morte, salvar a expressão do único ser humano que amei como namorado normal. Porque também amei de paixão minha tia-avó.

Durante longas noites de inverno eu me aconchegava sozinha, me abraçando. Imaginava o reencontro amoroso na penumbra azul-lilás, tonalidade em que se movem os fiéis defuntos. Agora sei que ele está esperando apenas por ela, talvez para que lhe devolva sua cabeça. Minha mãe achava que os casais muito unidos e harmoniosos, na velhice, parecem irmãos. Não foi o caso dela, porque minha mãe tinha certa semelhança com o sr. Roux. Mas essa é outra história.

Diante da viúva de Luis, embora nada nem ninguém possa me rasgar, quebrar ou mutilar, porque tudo isso já me aconteceu, experimento uma horrível sensação de terror. E a ameaça de uma ruptura total, definitiva e horrenda me abate até derramar rios de lágrimas na lagoa Estige, depois de dar as tradicionais sete voltas em torno do inferno para cair no sótão do além. E eu invejo essa mulher. Invejo sua viuvez. O que eu não daria para ser a viúva de Luis, eu, que nunca fui nada de ninguém.

Murros e bordoadas me transformaram num arremedo da minha tia-avó, e talvez a anãzinha esteja me esperando ao lado da porta do misterioso arcano, acenando para entrarmos juntas. Subo mancando até meu sótão. O bicho asqueroso que me tornei vasculha um arcaico baú de papéis e fotografias, de relatórios de professora e psicóloga solicitados pelo meu pai, preocupado em revelar o porquê do monstro que ele havia engendrado, para concluir se foi culpa sua ou consequência de alguma herança mórbida pelo lado materno.

Posso entrar e até me perder naquela arca junto com minha alma de anciã-anã-proustiana, pois no fim das contas só cheguei a isso.

É desnecessário, mas repito que sou uma mulher mergulhada numa arca de cartas, fotos, relatórios, cartões e papéis amarelados. Pula dali uma garotinha vestida de organdi: minha foto aos quatro anos cronológicos. Pula também *A alegoria da melancolia* de Dürer. Estava numa moldura, da qual retirei para guardá-la na arca.

Depois descreverei a garotinha vestida de organdi, mas antes farei isso com minha atual foto anímica, porque sou *A alegoria da melancolia* de Albrecht Dürer, e meu recinto é o mesmo entorno do personagem.

No meu sótão da mansão de campo todos os objetos do exílio estão ao meu redor. Enquanto apoio a cabeça fervente e malárica na mão esquerda, na direita seguro um compasso de inútil espera. Estão aqui a escada que não leva a lugar nenhum, o cupido sentado na roda enferrujada, o sino quebrado, os relógios sem música, a balança desequilibrada, o cão famélico. Só faltam os símbolos que Dürer incluiu na gravura e que são de esperança, a estrela do fundo e aquele selo de dezesseis números que somam trinta e quatro em qualquer sentido, garantindo fausta solução para qualquer problema.

A menininha.

Está segurando uma cestinha de vime com rosas de papel. Essa menina é a defunta de mim, o duende do esquivo hemisfério das minhas penas futuras, que mete a mão e até o bracinho em baús de outono e de inevitável invernada.

Havia começado minha temporada no Inferno quatro anos antes dessa fotografia: no dia em que nasci. Menina-testemunha, bicho no casulo se desfiando e encasulando novamente para que o rebento pulse, saia e se lance, ora plácido, ora compulsivo, sempre audaz.

Olho a fotografia e posso ver minha mãe no dia em que me levou para tirá-la.

Era um fim de tarde quente de verão e chovia. Um céu desagradável encobria a cidade de cinza metálico, zinco azedo, acinzentado. Nós duas transpirávamos, as testas peroladas de um suor incômodo, quando sentamos na banqueta de couro verde da carroça puxada por um cavalo escuro. Olho os sapatinhos, na foto, vermelhos com fivela. Ficaram molhados e eu quis secá-los com meu lencinho fino e mamãe me deu um cascudo. Vejo a correntinha de ouro com o medalhão de camafeu alpino que se enroscou na bolsinha de fio de prata. Dei um puxão e mamãe me bateu de novo.

Sinto a maciez do couro verde da banqueta, o trac-trac dos cascos no paralelepípedo, as grandes gotas infiltradas por algum rasgo da capota, meu desejo ardente de conversar com ela, que permanecia estática como cariátide do Erecteion, o espirro provocado pela gota contínua em cima da minha cabeça, impossível de desviar porque minha mãe não deixava eu me mexer. O espirro vem. "Cataplasma... Você vai se resfriar de novo."

O perfil clássico da minha mãe, traçado pela perfeição da sua testa e do queixo, se desfigurava num nariz violentamente arrebitado, ela devia ter uns vinte e cinco anos, mas eu me perguntava como teria sido na juventude.

Na verdade, ela foi jovem uma única vez na vida, e eu estiolei de uma tacada essa novidade. Quando franzia o cenho, as rugas trilhavam a planície, trilhos por onde corria o trem das preocupações, onde viajava eu, a causa de os sulcos difamarem sua beleza hora após hora até espantá-la como uma borboleta da alfafa castigada pelo vento dos pampas.

Sua preferida era Lula, a filha caçula. A loira gordinha, o doce bebê que ela protegeu a vida inteira e que eu maltratei o quanto pude. E minha mãe cantava para sua boneca de roliça maciez, María Salomé, Lulita; até esses nomes me roubaram, encasquetando em mim, feito um chapéu ridículo, o María Micaela que teve um gosto ácido na minha idade básica. Primogênita, eu deveria ostentar os nomes da minha mãe, que ela guardou para presentear a segunda filha. Para piorar meu infortúnio, eu não era bonita.

... Sou rebelde e mamãe bate em mim, mas eu bato nela mais forte sem erguer um só dedinho. O pimpolho nos braços protetores, e eu inventando doenças para caber num cenário do qual já haviam me exilado.

Mesmo assim, fingia; ou talvez fossem dores da alma traduzidas em mentirosas lamúrias: "Estou com dor de cabeça" ou "Meus pés estão gelados".

Tudo isso sem sucesso. Mamãe bruxa intuitiva descobria a trapaça; então, uma gargalhada maldita e nervosa, que ainda me acomete em situações difíceis, sacudia meu corpo, como se eu risse com a garganta de dez mulheres.

Volto à fotografia, viajo naquela carroça. Descemos e já na sala do fotógrafo me posicionam ao lado de uma mesinha sobre a qual está a cesta. "Faça como se estivesse pegando uma flor", indica o homem. Ele pede: "Sorria". Nada consegue. Meu braço pende ao longo do corpo como um galhinho de salgueiro-chorão e o sorriso não me é possível. Máscara de tragédia, faço um esgar e desenho um beicinho. Os olhos da minha mãe têm um brilho assombroso quando afirma que a foto será um fracasso.

O fotógrafo, amável, ajeita uma dobrinha do meu vestido e diz: "Olhe o passarinho, menina". Me vem uma tentação e sai a gargalhada; a cena me parece patética.

Minha mãe ameaça: "Quando chegarmos em casa, vou contar pro seu pai". Resignada, diz ao homem: "Faça o que puder com essa cataplasma".

Mamãe sabe que nunca conseguirá me dominar, sabe que, sem dizer uma só palavra, considero o ato da fotografia uma bobagem, sabe que eu leio e escrevo apesar da minha pouca idade, que vou pelas ruas lendo placas e números desde os três anos sem necessidade de professores, que classifico os mais velhos de acordo com minha opinião, que zombo deles e os detesto. Ela sabe que estou num nível muito superior a todas as crianças da minha idade, que engendrou sua desgraça e a da sua filha predileta. Tem medo de mim e eu sei disso.

Não chovia mais quando saímos da sala escura. O ouro do sol caía a cântaros, esturricando as flores disciplinadas da praça San Martín, as tílias e as magnólias.

Esse sol redoura a seda do vestido da minha mãe que é castanho com manchinhas pintadas, plissado na saia. São marrons suas botas de salto alto, e alta a aba do chapéu italiano, que não ofusca a tez fosca de latina distinta. Usa uma bolsa delicada, de camurça, delicada como a pele de Lula. A única coisa feia é o que ela arrasta, Chela, María Micaela Stradolini, sua primogênita magra e morena, os olhos arregalados.

Nas confeitarias, as crianças livres tomavam e sorviam cremes gelados, casquinhas de chocolate, de frutas vermelhas e cor-de-rosa. Ninguém as vigiava, e elas, nos balcões, se autoafirmavam como anões de arbítrio próprio, enquanto eu pendia da mão materna como uma marionete furiosa. Teria dado minha alma por um sorvete chupado em liberdade, mas ela entrou na confeitaria La Perla para tomar seu chá com biscoitinhos. Odeio chá com biscoitos.

Da calçada, como um gorjeio, ouço o rebuliço alegre dos emancipados. Nos flocos multicoloridos, minha imaginação ficou presa, enquanto o garçom servia o pedido sobre a toalha onde eu lia, estampado, o nome da confeitaria.

Depois, lia os rótulos dos frascos, das caixas nas prateleiras, as marcas dos produtos doces. Minha mãe espumava de raiva.

Bule e jarro de metal fumegavam, os biscoitos no pratinho açucaravam e caramelizavam o ambiente.

Me fazendo de besta, eu continuava lendo etiquetas, um jeito de demonstrar desprezo pelo convite. Ela leu meus pensamentos: "Sorvete piora sua bronquite".

Meus brônquios pareciam motores de arranque, mas um sorvete, que mal podia causar a um mal já crônico? Mamãe me serviu: "Vamos, coma".

Ela sorvia a delícia dos ingleses, que eu sempre achei insossa.

Meus olhos de gaivota solitária navegaram pela água sólida do brilhante de seu anelar em meio a um mar avaro e inimigo, águas negras de alto-mar, as contas azeviche do seu colar de duas voltas, dos seus pingentes de ouro.

Mãe, por que você não me amou um pouquinho?

Apontou para a xícara: "Seu chá está esfriando".

A fumarola rendida já não ascendia da concavidade da louça, vencida pela minha teimosia. Fiz dois bochechos como quando higienizava os dentes e engoli o líquido repugnante. Ela comia os biscoitinhos de creme, os palmiers retorcidos e crocantes, enquanto uma música de açúcar caramelizava o ar, chocalho da minha infância, "La violetera", reminiscência de Charles Chaplin, e as tímidas flores dançavam com pernocas entre o azul e o solferino, subindo até um teto de fim de século, colunetas gráceis, barroquismo inocente, ingenuidade de capitéis redondos e roseirais de mel.

Mil novecentos e vinte e cinco, ainda edênico na cidade de La Plata, capital da província de Buenos Aires. Tínhamos viajado da nossa estância nos arredores só para tirar a fotografia e mandá-la à Itália para tia Angelina, parenta paterna. Belos tempos, apesar das amarguras que as gentes da casa me causavam.

Debaixo da mesinha, minhas pernas, bobas como as de Chaplin, dançavam uma dança desengonçada que, se fosse em público, faria rir os fregueses, igual a que dançava o infeliz Carlitos calçado com seus sapatões trágicos que o ajudavam a fugir pelos longos caminhos depois de fazer papel de ridículo na frente dos coadjuvantes.

Eu sofria no cinematógrafo vendo seus filmes. Era uma garota chaplinesca, atrapalhada e cômica. Aos quatro anos, decidi que o ator era meu irmão espiritual.

Ainda hoje me doem os diálogos às custas de mímica, os sentimentos e jogos amorosos expressados só com cílios cintilantes e sobrancelhas magoadas; a tristeza do bigodinho feito mancha de chocolate no lábio superior, a aristocracia do bufão que mostra melhor que Hamlet a caveira descarnada. A família comentava meus cambitos compridos de avestruz, os pés imensos que pesavam tanto quanto deviam pesar os sapatões de Chaplin.

Mamãe continuava imperturbável — a raiva toda contida —, observando minha falta de apetite e minha gulodice de unhas. "Porca... Disso você gosta, né? Vou pôr cocô nessas unhas, assim quem sabe você goste mais." Ela sabia dissimular. Levou uma cantada de uns senhores: "Que boneca". Ficou só um pouquinho ruborizada. Os sujeitos devem ter pensado que a "boneca" me dizia: "Coma, filhinha, as de creme estão uma delícia".

Então ela começou a vestir as luvas. Mãos de concertista de piano fracassada por se casar antes da irmã caçula. Sempre quis ganhar; perdeu sempre.

"Você vai ver, assim que chegarmos vou contar pro seu pai o papelão que você me fez fazer a tarde inteira."

Que papelão?

Tentação de risada na sala do fotógrafo onde fiquei dura como um sabre e achei idiota a promessa do famoso passarinho, ler e reler coisas escritas, que foram feitas para isso, naturalmente.

Mamãe logo engordaria. Sua gravidez acabaria com os vestidos justos como fronhas, com as saias tubinho, plissadas, com a altura dos saltos Luís xv.

Eu já sabia de onde saíam os bebês, e o resto, embora sem riqueza de detalhes, deduzia matutando. Minha mãe acreditava estar ao lado de um monstro.

"Chela é uma peste", pelo menos nisso minhas duas avós concordam.

Discutem:

— Lula é bonita como a mãe.

— Não, ela puxou aos Stradolini.

As velhas disputam uma beleza normal, uma bebê harmoniosa e dócil.

Meus apelidos: "Saracura e nariguda".

Grito a elas: "Velhas de merda".

Quero que meu futuro irmão seja horrível. Talvez seja uma irmã. Não. Eu sei que é um menino horrível.

"Lula não dá trabalho, come como uma mocinha."

De mim não falam nada e é pior do que se gritassem odiosa, rebelde, fedorenta.

Ignoram qualquer adjetivo e a indiferença me dói como se eu não tivesse nascido. Até a estância, duas horas de viagem de carroça, e o medo: "Vou contar pro seu pai".

Pus formigas na fralda de Lula, mamãe atribuiu a invasão a um descuido da empregada. Pus imagens de animais feios no seu mosquiteiro: répteis, hipopótamos, manadas de seres antediluvianos tiradas das páginas brilhantes e coloridas da revista *Caras y Caretas*. Ela chora quando a belisco, ou aguenta minha picada de vespa fingindo dormir. Odeio ela. Sou dois anos mais velha que minha irmã e estou elaborando obstinadamente outra inimiga.

Embora a noite seja quente, sinto frio. É o frio que superei uma única vez na vida. Sinto uma dor no peito. É a dor que superei uma única vez na vida também. O portão de ferro range e vamos entrando no território da amargura.

Meu pai, como sempre, lê na sua escrivaninha enquanto fuma um cachimbo de espuma do mar, tão levinho. Acaba de ser agraciado com um cargo pelos seus correligionários. "Talvez esteja de bom humor", pensei comigo. Mamãe beija-o ao passar. A boba da Lula: "Manhê... manhê".

— Chela me fez passar todo tipo de vergonha.

— Vá pro seu quarto sem jantar.

Nenhum castigo para mim. Me jogo na cama e choro, já chorei muito pelo meu pai. Nunca por ela. Molho o travesseiro com lágrimas de raiva, quero morrer.

De manhã eu inventava ocupações, criava fantasias com os objetos, imaginava personagens, sendo a protagonista de mil façanhas. Minha psique e meu corpo, ambos entidades harmoniosamente integradas, moviam-se em paisagens idílicas, um pouco reais, um pouco criadas. Eu não gostava das tarefas domésticas. Bem, sim, é uma delícia lavar a louça fina e as miudezas da cristaleira de mamãe. Eu punha numa grande bacia uma grande quantidade de sabão, verdadeira estalactite de neve espumosa, e com um paninho limpava peças delicadamente entalhadas, obrinhas de arte em louça, cristal de Murano, porcelana da Áustria, Alemanha e França. Minha mãe adorava esses bibelôs. Apegava-se àqueles universos mortos de ourivesaria para fugir do seu mundo doméstico de pianista frustrada. Eu higienizava as louças inglesas, os monges orientais, os bustos venezianos irisados, tão misteriosos com seus detalhes de ouro infiltrados, as gôndolas navegantes do Lido no mar Adriático. E da grande bacia espumosa subiam à tona as paisagens sob meu comando de esfregadeira.

"Cuidado, são bibelôs... Não sei por que você se mete a fazer isso", soluça minha mãe.

Eu prosseguia com meu paninho repassando as esculturas, os laçarotes, as minúsculas assinaturas que autenticavam essa ou aquela procedência, as datas antigas. E repassava, depois de ter ensaboado com minúcia, copinhos, frascos, ânforas e garrafões napolitanos de vinho cujo sangue precioso correu vivo mesmo depois de esvaziado como o rastro de um pirilampo. Enquanto executava o trabalho por vontade própria, eu imaginava a Europa e a Ásia, transportava os continentes para o ar agreste da estância. Minha capacidade intelectual já me permitia ler sobre história da arte, a Europa já era minha meta. A sentinela suplicava: "Cuidado... são bibelôs".

De propósito, eu batia alguma beirada, ou, com calculada imprecisão, apoiava uma taça que tilintava se equilibrando por falta de base e, quando ia se espatifar, pegava-a no ar. Minha mãe sofria.

Camelia Obieta, algo mais que amiga do meu pai, gritava: "Como você deixa essa pirralha bulir nos objetos da cristaleira?".

Durante a tarefa, eu montava pecinhas de teatro. Uma delas, intitulada *Falsidade*, tinha como protagonista Camelia Obieta. Eu não conseguia entender como mamãe, sabendo de tudo, tolerava aquilo. Pensava: "Mamãe é tão indecente quanto eles", e às vezes, para me conformar, dizia para mim mesma que talvez só eu tivesse notado. Com o assunto "Camelia" em mente, eu lavava a tampa da sopeira onde uma paisagem lindíssima mostrava o golfo de Nápoles. Ali estavam Capri, suas arvorezinhas ralas, o céu esplêndido sobre a marina, Santa Lucia e a Rocca della Madonna. De repente o Vesúvio explodiu. Vi nuvens cinza de fumaça e rios de lava que corriam e queimavam, e rachaduras horripilantes na crosta da Terra: a tampa voou e se espatifou em pedacinhos.

De uma margem distante, ouvi as górgonas: "Quando seu pai chegar...".

Fiquei petrificada. E estava impotente como o herói que perdeu o escudo e a espada. Dos meus calcanhares, como folhas mortas, soltaram-se duas asinhas. Eu estava sozinha na porta de um abrigo de órfãos, mas não chorei. Juntei os pedaços centenários, acho que os beijei. Senti que meu peito também se despedaçava e tossi, meus brônquios pareciam dois motores.

Como eu havia lido sobre o banquete dos deuses, sentei à mesa e fiquei ouvindo as horas abrirem as portas do medo; meio-dia e meia; uma hora; uma e meia; e assim até as quatro, quando meu pai chegaria.

Deitei-me sobre a raiz de um salgueiro. Não comi. Daquele lugar eu ouvia a conversa-fiada de mamãe e Camelia. Tive a indecente esperança de que papai, ao ver a mulher fatal, se esquecesse de mim. Lulita almoçava na copa. Eu espiava e via só um prato na toalhinha rosa e os talheres de prata que foram de mamãe quando criança, Lula usava tudo como uma mocinha.

Na minha infância, nunca pude comer com talheres, eu comia com as mãos para terminar mais rápido, terminar de uma vez e me dedicar a outra coisa. "Chela é um bicho", opinavam, mas não me ofendiam. Eu amava os bichos, aquilo não me ofendia. Meu pai dizia: "Pode ser muito inteligente e superdotada, mas come feito um porco".

Agora eu mascava graminhas, pois estava sedenta. Minha barriga coçou e levantei a camisa; descobri manchas vermelhas como se as vespas tivessem se deleitado ali. Entendi que estava doente e fui possuída de uma alegria selvagem. Finalmente notariam minha existência, notariam que eu era humana o suficiente para adoecer como as outras crianças. A febre alta deixou minha garganta seca, e meus olhos lacrimejavam. Dormi pedindo aos deuses para ter varíola.

Meu pai chamou.

Acordei. Fui até o escritório. Meu pai fumava e não estava lendo; não se dignou a girar a cadeira para mim: "Você fez um estrago, quebrou uma peça de coleção que minha mãe, sua avó, deu de presente à sua mãe quando nos casamos, você cometeu um delito contra a beleza".

Como resposta, emiti um "pio" de passarinho pesteado. "Cale-se, você é má e rebelde como um demônio, não parece filha minha nem da sua mãe."

Piar não é falar.

Minha mãe e Camelia vieram e perceberam minha vermelhidão.

— O que essa menina tem que está tão vermelha?

— Era só o que faltava: estou de três meses e, se for rubéola, coitada de mim e do meu filhinho...

— Será sarampo?

— Ela já teve.

— Varicela?

— Rubéola!

— Talvez você não pegue.

— Iria perder o menino.

Eu estava pelada como uma boneca de celuloide e eles auscultavam meu nudismo infantil. Achava que tinham ficado loucos: sendo eu a doente, por que estavam preocupados com o futuro filho?

Me confinaram no sótão, junto com Sara; ali passei todos os meus males. Finquei raízes naquele sótão e para sempre. Pela janelinha estreita eu via o rosicler crepuscular cuja cor era a mesma da geleia de pêssego que recomendam aos doentes. Compota de geleia do lado de dentro e de fora, e minha vontade constante de vomitar. Sara traz um penico e diz: "Vomite". Sara é negra e parece de linóleo, se perde na sombra do aposento por mimetismo e estou sozinha no naufrágio.

Sara e a caxumba; Sara e o sarampo; Sara e a escarlatina; Sara e a varicela, e agora junto com as máculas ardidas e ardorosas.

Sara e os pesadelos que transformam a casa em casquinha quebradiça para sorvete de morango, ou para que emerjam os espantalhos ensacados que correm pelo sótão e despencam na minha cama, anões macrocéfalos de dentes pontiagudos e olhos de ovo cozido.

Grito.

"Não se assuste, é a febre."

Vem o médico: "Mostre a linguinha, filhinha...".

E o diminutivo me emociona. Choro. Mas o médico não repara, pois meu mal produz lágrimas. Mas eu sei que choro pela novidade de uma ternura.

— Um sorvete, doutor, um sorvete de morango...

— Sara, dê a ela um sorvete bem grande, vai lhe fazer bem.

Sara pergunta por minha mãe.

— María Salomé me preocupa, essa doença no terceiro mês de gravidez...

— Pobre senhora.

— Recomendei um aborto, seria o mais prudente. Mas agora eles estão com o padre e a Igreja não quer saber de abortos.

Da minha cama, eu fazia deduções.

Sarei. Como os bichos do pântano, abandonei minha toca e saí para o campo.

Sara pegou ódio de mim por causa de mamãe. Antes, quando Sara gostava um pouquinho de mim, eu tomava banho. Agora escaparia desse incômodo. Com o pijama colado ao corpo, corria pelo campo. Descia as escadas pelo corrimão feito um bólido. Minhas trancinhas desgrenhadas, presas com band-aid, dançavam nas minhas costas. A saúde era uma planta que afundava suas raízes no lodo, uma felicidade selvagem brunia meu céu.

As árvores frutíferas floridas já passaram ao vero ser do pomo que guardava a semente para outra estação, e os pessegueiros, as tangerineiras do Oriente, as romãzeiras do Sul da Espanha, as parreiras de uvas americanas chamadas de "niágara", tão fofas no cacho apertado; as ameixeiras precoces que se derramavam pelas trilhas pintando-as de sangria. Até a próxima explosão de mel das bêberas, com suas lágrimas de ouro açucarado, eu percorria tudo isso desgrenhada e livre. Suja e emporcalhada, gozava de infinita independência. E trepava nas árvores de sombra, tão limpas, os salgueiros cuja seiva cristalina é como pranto que pede um lenço verde para se secar, o reto choupo e o ainda mais reto e fino cipreste. Eu corria minha terra bonaerense, tapete queimado em breves espaços com cardos vermelhos e azuis feito galos vegetais, a trama de florezinhas nímias emaranhadas formando mantas provençais junto aos trevos.

Assim era meu campo edênico.

Meu bisavô amou aquele terreno com paixão italiana. Era engenheiro agrônomo. Sabia mandar porque entendia a peonada.

As árvores ele mesmo plantou, para que seus descendentes o recordassem e o imitassem.

Eu o conheci por um retrato a óleo que ainda está no quarto onde faleceu.

Deixou um livro de memórias. Não tinha muito bom conceito do camponês bonaerense. "Os locais são arrogantes e se contentam com biscoito, chimarrão, churrasco e vinho, e têm dificuldade de pegar no pesado", diz, entre outras coisas de igual teor. Exigia demais e não foi benquisto por seus funcionários. Para ele, o campo era um semideus que tinha de ser adorado e servido a toda hora, independentemente de ser noite ou dia.

Foi lacônico como um dório, frugal como um estoico.

Meu pai herdou um pouco desse sujeito interessante, mas papai era cruel, e sei disso por experiência própria, cruel e hostil. O pai do meu pai, meu avô, viveu em Paris a vida inteira, esbanjou o quanto pôde sem chegar a quebrar os cofres que o tenaz imigrante enchera. As mulheres da minha família eram velhas de medo e preconceito. Meus parentes maternos, de San Juan, plantaram apenas a árvore genealógica, que não serviu para porra nenhuma.

Transcorria o verão e eu redescobria um mundo. Objetos e sujeitos me eram entregues e assim eu captava novas dimensões. Resolvi arrumar o entorno e dar a cada objeto e a cada sujeito um lugar específico, de acordo com sua importância e substância. Resolvi moderar minha imaginação. Eu raciocinaria da forma mais lógica possível.

Eram minhas férias da educação infantil, depois eu entraria no primeiro ano do fundamental. A professora, conhecedora da minha capacidade intelectual, aconselhou que eu entrasse no segundo para não perturbar os outros. "Como vai entrar no primeiro, em que se aprende o bê-a-bá, se ela lê e escreve e sabe todas as tabuadas?"

Naquele verão, minha avó de San Juan chegou à estância com meu primo Arnaldo. Tão branco, o Arnaldo, que se fundia nas rendas da velha como Sara na escuridão do sótão. O imbecil vestia calças de veludo e trazia num dos bolsos um bodoque para atirar nos passarinhos. Nem bem saiu ao quintal, ameaçou a paisagem. As aves berraram e os cachorros uivaram.

Soube que seríamos eternamente inimigos. "Parece um inglezinho", dizia vovó, levantando um pouquinho da calça dele para mostrar uma perna pálida e repugnante.

"Eu o mando trazer cremes de Paris, não gosto de morenos e o menino pode se queimar com esse sol."

De relance, a velha observava minha pele indígena firme, meu cabelo desgrenhado, os tênis enlameados, minha aparência desastrosa. Aproximei-me como quem não quer nada e sussurrei no ouvido do moleque: "Mariquinha".

Vovó preparou a saraivada:

— Minha filha não vai ficar nada bem, porque a peste que você passou pra ela dará seus frutos, e nada bons.

Decidi escandalizar:

— Mamãe vai abortar.

Rapidamente, a velha informou ao menino:

— As crianças, meu anjo, vêm de Paris, ou seus pais as encontram dentro de repolhos.

O menino:

— Gosto mais das que vêm de Paris.

Vovó acrescentou:

— Sim, meu anjo, meu amor, elas são trazidas pelas cegonhas.

Comentei:

— Velha burra, as cegonhas são holandesas.

Logo depois, expliquei ao meu primo como nasciam as crianças e vovó desmaiou.

Quando fiz dois anos, minha mãe estava grávida de Lula. Então, veio à nossa casa uma senhora com uma maleta de couro. Eu estava brincando nos fundos com as colheres e um pedaço de metal, fingindo que tocava xilofone.

Alguém me informou que minha irmãzinha tinha chegado dentro da maleta, mas eu sabia que ali só havia instrumentos cirúrgicos.

Quando Lula viu a luz, eu me lembro, entre as notas improvisadas do xilofone, do choro desesperado de um ser despertado à força, obrigado a trocar uma suave serenidade pelo fragor do mundo.

Agora, depois de Lula, nasceria outro irmãozinho, porque o sacerdote opinou que "A vontade de Deus não pode ser desviada", e minha família respondeu: "Amém".

O complexo de culpa me dava calafrios e minha pele se eriçava diante do enigma da minha doença e de suas consequências para o bebê. Minha carência de afeto aumentou quando fiz cinco anos. Sara me deixou de lado. Ela me atendia na hora, mas por obrigação. Os objetos da cristaleira me foram proibidos.

Eu guiaria minha vida por um outro sentido. Procuraria tesouros escondidos debaixo da terra. Eu estava lendo a vida e obra de Florentino Ameghino* e decidi imitá-lo botando uma trouxa no ombro em busca de coisas extraordinárias. Seria "A louca dos ossos".

Deitada de bruços, eu arranhava a terra cavando buracos, e o cheiro que dela emanava e as mil bocas que nela se abriam, devorando matéria orgânica e devolvendo outro elemento, me

---

* Florentino Ameghino (1854-1911) é considerado o pai da paleontologia na Argentina.

explicaram o conceito de simbiose, e pensei comigo que nada se perde, tudo se transforma, chegando à conclusão de que não existe nada mais alerta e ávido que a mãe terra de aparência inerte. Meu afã de descobertas no momento se contentava com pedrinhas coloridas, cascalhos, vidros, raízes, insetos esturricados pelo sol. Com minha pele mais escura a cada dia, me transformei numa boneca de terracota.

Sara deixava perto da minha toca um sanduíche de presunto e queijo e um copo de refresco que quando ficava morno tinha gosto de xixi. Às vezes eu comia o sanduíche e, no guardanapo de papel que vinha junto, escrevia indefectivelmente: "O xixi é para a negra".

Meu primo começou as depredações contra fauna e flora: caçou um filhote de coruja. A pedrada feriu o animalzinho numa asa e o imbecil se divertia sacudindo a corujinha pela asa semiarrancada. Jurei matá-lo um dia.

De certa forma o fiz, muito tempo depois. A corujinha era um filhote pequeno e cinzento com olhos de gato. Eu conversaria com o asqueroso.

— Te dou vinte centavos pela coruja.

— Trinta ou eu mato ela.

— Te dou quarenta, seu pervertido. Me dá ela aqui.

— Me dá os quarenta...

— Primeiro me dá o filhote.

Arranquei a coruja de um puxão, o idiota perdeu o equilíbrio e pisei na mão dele. Depois, com toda a minha alma, dei uma paulada na sua cabeça. Ele chorou chamando a vovó.

Me perdi entre os capins altos com minha ave: "Vou te batizar. Você vai se chamar Bertoldo".

Mais um habitante que eu traria para o meu sótão, onde já viviam os gatinhos e a gatona com a lagarta Josefina. Muitas vezes eles comiam minha comida e eu bicava suas migalhas; estavam sempre com fome, eu só às vezes. E, embora alguns duvidem, mantínhamos ótimas conversas em noitadas maravilhosas.

No sótão da estância, que eu imaginava como uma fortaleza ou mirante *mirapampa* com vista para as barraquinhas dos portugueses floricultores, discorria com meus inquilinos e eles atendiam e reagiam conforme as inflexões da minha voz.

"Ninguém é dono de ninguém, se vocês ficarem é porque me escolheram."

A gatona discutiu com Bertoldo e se mandou para o capinzal com suas crias. Costumava nos visitar com os filhos já maiorzinhos.

Certa noite, ouvimos um gemido. Josefina, já idosa, faleceu. Enterrei-a aos pés de uma roseira. Bertoldo se instalou na estante dos livros como um abajur, como um farol minúsculo, sua cabeça girava a cara para trás, um espectro cervical, bico de castanholas.

"Hu... Hu... Hu...", me cumprimentava.

Aprendeu a descer a escadinha caracol, a voar pela janelinha e me esperar lá embaixo. Dividíamos qualquer alimento e estávamos magrinhos mas muito satisfeitos; nossas almas estavam bem nutridas. Com ele, comemorei meu quinto aniversário.

Pena que relaxei com Sara.

— Sara, que dia é hoje?

— 20 de dezembro.

— Não te lembra nada?

— É um dia como todos os dias do ano, 20 de dezembro de 1926.

Eu havia trançado uma ponte de fios de prata ou seda, como nas estampas japonesas, entre minha solidão e a negra, e ela cortou-a de uma tesourada. Comecei a cantar. "Os negros fedem a tabaco podre." Ela ficou triste e eu continuei: "Pra mim, os negros foram feitos de cocô e xixi".

E assim como eu fazia cinco anos, notei que ela de repente fez quinhentos, se levantou da sua cadeira de palha e, como que fatigada de um atavismo escravo, secou uma lágrima que clareou sua pele.

Com Sara, morria minha infância.

Nunca mais nos comunicaríamos. Inaugurei minha postura intelectual, minha idade insensível às pessoas de quem desdenhei, pois foi o que elas me ensinaram.

Apesar de tudo, da minha atitude indiferente, numa noite de extrema solidão, bebi o enxaguante bucal para me suicidar. Fazia isso por Sara, para que sofresse depois da minha morte. Ela me botou em frente à pia do banheiro e mandou: "Vomite". Eu não conseguia e estava explodindo. "Enfie o dedo na garganta e vomite."

Vomitei. Minha orgulhosa tentativa de suicídio escorreu pelo ralo sem honra e sem graça. Passei um mês enjoada, mas não reclamei.

Junto com Bertoldo, éramos dois alegres mendigos do campo. Quanta beleza a idílica agrimensura nos proporcionava, e também achados para guardar na bolsa, desde um pôr do sol até um ladrilho gravado com a inscrição "Viva a Santa Federação", bolinhas de gude e machados, tavas para o jogo do osso, botijas de peão, esporas gastas, moedas caídas de cintos gaúchos, algumas de prata, paus de bater de antigas lavadeiras.

Esvaziávamos a bolsa no sótão. Falei para meu camarada: "Vou pôr junto com 'A louca dos ossos' 'e Afins'". Incursionamos pelo local onde havia uma construção arcaica, entramos nos aposentos sem teto com paredes escoradas e semidestruídas. Perigosas. Subimos na atalaia já debilitada, úmida e oscilante. O "Hu... Hu... Hu..." de Bertoldo vagava pelos tetos das barraquinhas e os portugueses se benziam. Naquela construção arcaica havia um porão, descemos e encontramos barricas estripadas com a palha para fora como vísceras, garrafões cheirando a azedo com um pouco de vinho no fundo; todas as barricas e os garrafões exalavam um aroma concentrado de licores muito antigos, e me dei conta de que estávamos numa adega. Nas proximidades, encontramos caveiras bovinas que antes eram usadas para se sentar.

Naquele lugar da antiga construção, com picareta e pá, eu retirava as lajotas vermelhas de um pátio. Pulavam bichinhos que Bertoldo devorava; enquanto o assistia comer aquelas coisinhas vivas, eu pensava em Deus se alimentando assim, impassível, nos almoçando. Sem abrir mão do meu natural paganismo, considerava a possibilidade de um deus único. Contemplando aquele lugar, concluí: "Deve ter sido a casa principal da estância, a sede da propriedade".

Falei para Bertoldo:

— Por que será que não aproveitaram essa fundação pra construir a casa nova?

— Hu... Hu... Hu...

Eu pisoteava as lajotas com passo firme de soldado e Bertoldo ia pulando por cima delas. De repente, uma cedeu. Apoiei firme o pé e surgiu um buraco muito fundo. Hesitei antes de enfiar a mão. Depois, enfiei a mão, o braço até o cotovelo, e o tato denunciou uma coisa fria, porém inanimada: não era sapo nem réptil, mas uma coisa com relevo, talvez uma estatueta. Retirei e comprovamos que se tratava de um pequeno conjunto escultórico, bastante tosco, representando uma família de monstros cabeçudos.

Me lembrei do quadro *As meninas*, de Velázquez.

Falei para Bertoldo:

— Elas estão no Museu do Prado, em Madri.

— Hu... Hu... Hu...

Os pais não eram tão assustadores, o mais terrível eram as crianças.

Faltava um pedacinho na escultura. Continuei procurando. Enfiei de novo a mão, o braço até o cotovelo, e retirei uma placa de metal com a inscrição: La Angelina.

Noite de veludo e lua cheia caíra sobre nós. Sexta-feira.

Sentimos medo e, como os órficos, voltamos à superfície, sem olhar para trás na ponte que divide o mágico do ordinário e banal.

Íamos, ambos, tensos e duros, apontando verticalmente para o mistério que vaga, como neblina, entre o céu e a terra.

Como sempre, entraríamos na casa pela porta de serviço, subindo para o sótão pela escadinha caracol, com nossa bolsa repleta. Eu estava orgulhosa da minha coragem de enfiar a mão e o braço até o cotovelo no abismo. Bertoldo se instalou na estante e fui me lavar na bacia, despejando água do jarro — por medo das gentes da casa, eu não ia ao banheiro principal. No nosso sótão havia um banheirinho. A comida estava na bandeja ao lado do copo de refresco.

Sara chamou:

— Está aí?

Respondi:

— Hu... Hu... Hu...

— Não se faça de engraçadinha e desça que seu pai quer te ver.

Imersa no pânico, senti que os esfíncteres não me obedeciam e que a urina escorria lenta e ardente pelas minhas pernas. Uma agressiva e ácida dor de estômago me revolveu e transpirei por todos os poros. Gelada como uma planta em agosto, pensei ter adoecido de súbito. Mas obedeci.

Meu pai lia e fumava como sempre. Abriu as fauces bigodudas e barbadas, aguçou os olhos de basalto, dobrou o jornal, fez várias espirais de fumaça. Senti que a maldita tentação nervosa me atacava e contive a gargalhada roendo as unhas.

— Você tem um irmão varão. Sua mãe pariu há duas horas.

— Hu... Hu... Hu...

— O que é isso?

Era Bertoldo, o único ser com quem eu me relacionava. Corei, porque a palavra "pariu" me deu vergonha.

— Você é muito inteligente, um monstro do saber, por isso informo sem rodeios que sua mãe pariu.

Atacava com vantagem, como sempre, e eu o via dentro de uma moldura vermelha e o odiava. Uma aura esverdeada inundava o local. Nós, os Stradolini, não nos amávamos.

A moldura vermelha que envolvia meu pai flutuava, e ele estava ali dentro como uma imagem estranha que nada tinha em comum comigo. Jorros verdes o manchavam, salpicando-o. Meu pai não estava feliz com o advento da nova cria. Meu ódio crescia estrondosamente.

Ele disse:

— Vejo que não tem nada a dizer, que não está nem aí; pode se retirar.

Fugi da cova do barbado-barbudo-bigodudo e grandessíssimo filho da puta do meu pai, subi pela escadinha caracol e, já no sótão, pus uma vela no castiçal de bronze cujo facho alumiou a pequena escultura descoberta com um misterioso fulgor que incutia aparente movimento nos personagens do grupo.

Os anões, com dentes afiados, mastigaram a hora. Bertoldo olhava tudo muito preocupado. Sara subiu para buscar a bandeja e o copo.

— Como se chama meu irmão?

— Juan Sebastián.

Na penumbra, que a luz do candelabro aureolava como orla delicada, falei para Bertoldo, indicando o anão mais feio:

— Será que ele é assim?

Balançou sua cabecinha redonda e disse um único "Hu...".

Agora uma aura diferente circundava os objetos do sótão, uma espécie de nuvem lilás flutuava e quase nos tocava. Bertoldo também percebeu. Num canto, esquecida e coberta de poeira, estava guardada a harpa da minha bisavó, e, como se uma mão de seda a tangesse, emitiu algo parecido com um gemido. Pude ver, como se veem as coisas debaixo d'água, uma mão de dedos enluvados com dedais de ouro beliscar as cordas. Bertoldo girou a cabeça naquela direção e arrulhou. Aproximei-me da harpa e apalpei as cordas. Um toque muito suave acariciou minha mão, meu braço até o cotovelo, e notei que despertou na minha alma uma adormecida nota de amor, de carinho familiar e doméstico.

Vivências desconhecidas e amontoadas em algum canto da minha abjeta existência vibraram pela primeira vez, e a esperança de um tiquinho de companhia, de calor e de humanidade me embargou de estranho gozo. Sim. Deveria haver um universo para os desesperados, para os abandonados. Para os bichos do sótão. Dormimos sem medo até o amanhecer.

Por nada no mundo eu queria encontrar minha mãe. Teria dado qualquer coisa para não encontrar meu irmão. Mas eu adorava os nomes do menino e os repetia: "Juan Sebastián, Juan Sebastián". Repetia-os no sótão e no campo em pleno sol, na alta e fresca plantação de alfafa. Repetia-os trepada nas árvores de sombra, tão limpas, nos salgueiros cuja seiva cristalina é como pranto que pede um lenço verde para se secar, o reto choupo e o ainda mais reto e fino cipreste.

Como se desejasse impregnar a fina planície com eles, eu pronunciava seus nomes ao perambular pelo tapete vegetal queimado em breves trechos, com cardos vermelhos e azuis feito galos, sobre a trama de florezinhas dispersas junto aos trevos. Cantava "Juan Sebastián" na minha terra, no meu éden, um modo de dividir aquele lugar com alguém que eu sequer tinha visto.

E não era só a paisagem que eu dividia com Juan Sebastián, mas também os achados: ladrilhos com inscrições, bolinhas de gude e machados, moedas de prata, tavas e paus de lavadeiras, ossos sem fim.

Éramos Bertoldo, o fantasma e eu.

Mostramos ao fantasma o buraco do velho pátio vermelho de onde saíram a estatueta e a placa da arcaica La Angelina, e agora éramos três os exilados, mendigos, vagabundos voltando à superfície sem olhar para trás na ponte que divide o mágico do banal.

Íamos, os três, tensos e duros, verticalmente apontando para a lua bruxa, vermelha e crescente.

Eu estudava catecismo na capela, porque devia fazer a primeira comunhão. Cheguei a ajudante do padre. Ganhei um livro de história sagrada e me nomearam catequista. Me intrigava a luazinha de pão ázimo do sacrário, enfim, não me convencia a maravilhosa trama de contos e histórias que nossa preparação incluía.

As solteironas, catequistas a valer, começaram a ficar com raiva de mim, porque segundo os pequeninos eu explicava de um jeito divertido, enquanto as velhuscas não. Mas, embora eu formulasse perguntas estimulantes que eles respondiam com alegria, precisei deixar o cargo, pois as crianças maiores jogavam bolinhas de papel molhado e amendoins.

Elas jogavam essas porcarias e eu soltava cada palavrão que as deixava malucas e duvidando da minha natureza, porque para brigar eu era mais brava que os garotos. Me destaquei. Caí no esquecimento sem pena nem glória. Pensei ter encontrado a paz.

O rebuliço irrompeu por culpa do padre Luzón. Luzón cheirava a sabonete amarelo e colônia barata e as carolas eram loucas por ele. Diziam "é um amor" e brigavam para se confessar, fazendo fila em frente ao confessionário. Ele, enfurnado naquele habitáculo parecido com uma catedral de madeira em miniatura; elas, sedentas para descarregar seus pecados.

Ao fim do dia, Luzón emergia mais morto que vivo, pálido e macilento.

Luzón já estava com raiva de mim por causa das Filhas de Maria e pelas minhas observações sobre sua pessoa. Certa tarde, me enfiei no confessionário e notei um forte cheiro de água sanitária, parecido com o dos carneiros em época de acasalamento. Deduzi que Luzón se excitava com as catequistas e se masturbava. Pensei: "Grandioso filho da puta, sempre enchendo o saco com essa história de más ações, e na verdade é um punheteiro de marca maior". Tal pensamento me fulminou, me causou um problema que resolvi a meu modo.

Precisava me confessar com Luzón, que naturalmente me perguntou, como fazia com todas as crianças:

— Minha filha, você pratica más ações? Sozinha ou acompanhada?

Eu já havia discutido com as Filhas de Maria sobre masturbação em idade imatura; era carente de necessidades afetivas, nunca tive amor, meu sexo dormia bloqueado pela minha capacidade intelectual tão superdotada. Tinha visto muitas vezes os garotos se masturbando e considerei aquilo natural e deixei passar. Na capela, garantiam que era pecado mortal.

Com voz baixa, mas incisiva, respondi a Luzón:

— Isso que o senhor chama de más ações é normal em certa idade, mas o que o senhor faz quando se excita com as carolas é nojento.

Uma catequista, a sra. Masselotte, foi enviada para falar com meu pai.

"Me dói na alma, mas amanhã às quatro da tarde irei até a estância pra falar com seu pai."

Resolvi fazer com que lhe doesse algo mais concreto que a alma.

Juanín Gran Pistola, o louco, brandia seu enorme pênis. Juanín oferecia às passantes seu único tesouro, deitado de barriga para cima no caminho. Os rapazes o incitavam, "mostre, mostre". As meninas fingiam se escandalizar, "olha só que grande". Juanín bradava, "toquem, toquem".

Em níveis diferentes, Juanín e eu padecíamos do mesmo problema: ele, zero em intelecto e dez em afetividade; eu, o contrário. Éramos dois monstros. Devíamos ter morrido, ou então ter sido sacrificados por misericórdia. Éramos duas excentricidades degeneradas como alvo dos atiradores normais.

O louco Juanín estava sempre com fome, por isso o chamei brandindo agora meu sanduíche de queijo e presunto, sussurrando: "Masselotte toque toque".

Falar com Juanín e falar com os animais era a mesma coisa. Ele me entendeu, devorou a comida e ficou alerta segurando o pênis.

Me aproximei do seu ouvido: "Te dou mais se...".

Cantei: "Masselotte toque toque".

Masselotte vinha descendo a ladeira pelo caminho de Juanín Barriga Para Cima, tudo escrito em maiúscula, de tão enorme que estava aquilo.

Ele pulou feito uma cascavel e Masselotte ficou embaixo.

Juanín esfregava sua esplendorosa oferenda pra lá e pra cá na beata, sem esquecer do rosto e do cabelo nem deixar nenhum cantinho limpo de jorro.

Por entre os cardos, gritei: "Não tem vergonha de cometer más ações com o inocente Juanín Gran Pistola, sua puta solteirona? Vou contar pro padre Luzón, seu namorado". Ela fugiu cruzando o campo como uma desmazelada e impura menina deflorada.

Nenhum catequista ou catecúmeno voltou a vê-la. Pensei comigo: "Deve ter se escondido em alguma catacumba". Daquela tarde em diante, me propus a ganhar todas as minhas batalhas do jeito que fosse, com fúria e sem remorso. Não tinha por que amar ao próximo se o próximo me odiava e, por ser diferente, quem seria meu semelhante?

Mamãe morava em Buenos Aires com Juan Sebastián. Meu pai ficava quase todos os dias em La Plata. Sara dedicava-se integralmente a Lulita, mas mesmo assim costurou meu vestido de primeira comunhão, comprou os sapatos e as luvas.

Luzón me evitava. Eu comungaria sem confissão, afinal, não acreditava.

No dia 8 de dezembro, me vesti de branco. Sara me ajudava a entrar no vestido, a colocar o véu: sufocada dentro do tubo de seda e estrangulada pelo tule, eu era um peixe fora d'água; "maldita hora", praguejei, calçando os sapatos nas minhas patas acostumadas com tênis. Sara tinha me ajudado a me fantasiar de mosquiteiro.

— Se você não acredita em Deus, por que comunga?

— Ganhei o livro de história sagrada...

— Pode até saber de religião, mas não acredita em Deus.

Agarrei o rosário e saí pisando duro. Sara ia atrás de mim.

— Viu só? Sua mãe não te deu o rosário de ouro porque está guardando ele pra Lulita.

Meu rosário de marfim tinha sido da tia Angelina Stradolini de Caserta, uma tia italiana do meu pai, para quem tiraram minha fotografia naquele dia atribulado.

Na época, Angelina era apenas um rosário de marfim.

Não sei que bobagens Sara resmungava, dei-lhe um empurrão e corri para a capela.

Quase caída no matagal, ela gritou: "Você é muito má e Deus vai te castigar".

Continuou atrás de mim, tentando salvar minha cauda de tule que se enroscava na moita, soluçando baixinho.

Eu já podia ouvir o coro de meninas: "Oh, santo altar/ por anjos guardado,/ venho a Ti/ pela primeira vez".

Será que Masselotte sairia do seu covil?

Ela não estava lá, mas sua amiga íntima aproveitou uma pausa para dizer: "Stradolini é a mais feia". Tinha razão. Eu parecia um avestruz pernudo num lugar nada apropriado para um filhote de tachã.

"Pássaro não precisa comungar", tive vontade de rir, e as lágrimas escorreram dos meus olhos no esforço de contê-las.

Ao receber o pão sagrado eu não aguentava mais, continuava segurando o riso e quase me afoguei.

Quando os pais beijaram suas filhas, cheguei à conclusão de que nunca haviam me beijado.

Levantei com violência do genuflexório e uma farpa maldita ficou presa na minha cauda, que rasgou com um gemidinho de tule desfiado.

"Cataplasma", gritou Sara.

A título de informação, acrescentou: "Ela é muito inteligente nos estudos, mas de resto não serve pra nada e em casa a chamamos de Cataplasma".

Mais que comunhão, aquele foi meu segundo batismo ou confirmação. Sara me rebatizou de "Cataplasma". Que vontade de assassiná-la.

Fui matriculada na escola com certidão falsa marcando a data de nascimento como 1917, e aos oito anos cursei a sexta série, quando nessa idade as crianças começavam sua vida escolar. Eu tirava dez em todas as matérias e zero em comportamento. As professoras respiravam quando no meio do ano me promoviam para o ano seguinte. Era tão breve minha passagem entre as séries que não pude cultivar amizades.

Minha incomunicabilidade crescia como uma trepadeira tropical. Eu comia com os animais, isto é, com Bertoldo e os bichos do campo, apoiada numa parede, enquanto terminava de ler o livro começado de manhã, ou revisava algum teorema ou silogismo. Nunca usei talheres. Tive a oportunidade de sair com garotos, mas o tal do "Cataplasma" me isolou ainda mais.

Soube que mamãe havia voltado de Buenos Aires com Juan Sebastián.

Meu sótão em cima da "casa das gentes" era meu refúgio. Agora, por medo de encontrar mamãe e meu irmãozinho, ele me servia de esconderijo ao voltar das minhas andanças com Bertoldo.

Eu havia saído total e completamente de cena, fria, selvagem e violenta, supunha assustador o encontro com eles. Evadia o horror, não podia especificar qual, mas na casa das gentes pulsava algo pavoroso, sístole diástole que me descontrolava, fazendo eu perder o equilíbrio.

E me enfurnava no meu mundo de matemática e lógica, nos paraísos e meandros dos *Diálogos* de Platão. Tramava meu universo íntimo com fios de prosápia ilustre, aspirava a uma morte pessoal, fora do comum, que permitisse deixar gravada minha marca notável na lembrança dos outros.

Oh, sim... morte à la Rilke.

E como nada se negava à minha capacidade intelectual, aprendia e me aperfeiçoava em francês e italiano. Deliciava-me com madame de Noailles e aquela coleção intitulada Vita dei Animali belamente ilustrada, que foi do meu bisavô e que levei para o sótão.

Eu usava o tempo que as pessoas normais perdem se higienizando, se enfeitando, tomando café, almoçando, lanchando, jantando e outros compromissos e ocupações, ou como se queira chamá-los, para me instruir e me dotar de cultura.

Tive uma professora preceptora e psicóloga, María Assuri. Ela me auscultava com seus olhos cinzentos e anotava em seu caderno coisas de mim, sobre mim, até que alguém da casa sugeriu a ela que se internasse comigo num instituto privado.

Em março eu entraria nesse instituto para cursar o secundário. Mas ainda faltava um bom pedaço de verão. Selecionaria bibliografias para levar ao instituto: Rilke, Romain Rolãn, Gide, Proust, Wilde; também os poetas franceses Rimbaud e Baudelaire; revistas francesas do século passado e os romances de Benito Lynch, que morava em La Plata e era amigo do meu pai.

Quando María Assuri providenciou meu internato — e o dela —, as gentes da casa passaram para segundo plano, porque decidi pôr fim num ciclo vivido. Uma forma de queimar tudo aquilo foi escrever minha autobiografia em dois cadernos San Martín,* que incinerei de imediato. Acreditei ter me libertado pela catarse do fogo.

Sara dizia:

— Agora que Lulita não precisa de mim, cuidarei do menino.

Eu ainda não conhecia meu irmãozinho.

Trepada no teto do sótão feito uma macaca, espiava os pátios e parte dos corredores, mas nunca distingui o nenê nem mamãe. A única coisa que pesava na minha vida, como uma responsabilidade, era Bertoldo. Eu pensava: "Quem irá amá-lo?", e resolvi que o melhor para Bertoldo seria morrer.

Pesquisei sua longevidade na Vita dei Animali. Ele parou em cima da página, fazendo sombra no texto, seus olhões afetuosos fixos na minha possível crueldade. Expliquei longamente os motivos — os meus — e a natureza das gentes da casa, ele compreendeu e envelheceu. Para dissipar minha atitude cruel, saía com ele pelo campo com mais frequência. Perambulávamos entre as altas plantações de alfafa, pelas trilhas douradas de folhas caídas e secas que estalavam quando passávamos. Bertoldo voava até o topo de um pinheiro, de um salgueiro com

---

* Antiga marca argentina de cadernos escolares e referência ao título de um dos primeiros livros de poesia de Jorge Luis Borges, *Caderno San Martín* (1929).

aquele fundo inesquecível de um verdejante absoluto. Gostávamos do cheiro resinoso das queimadas rurais provocadas por um pequeno foco e que logo se estendiam deixando em certos trechos uma cor castanha, ouro velho e carvão.

Essas queimadas são bastante comuns em janeiro e fevereiro, e podem ser ocasionadas por uma lupa ou uma bituca de cigarro. As chispas, nos limites da estância, grudavam na pele e irritavam os olhos. Lamentávamos pelas árvores, vítimas inocentes, talvez de um descuido, com suas despedidas dramáticas em forquilha como um braço famélico que tentou deter a chama, e pelos gigantes que resistiam à queima como quem quer voltar à vida, brotando galhinhos de verde tenro nos talhos lenhosos. O setor da antiga La Angelina teria sido vítima de algum incêndio colossal?

Talvez a casa tenha perdido o telhado pela ação do fogo, e ali estavam os muros descascados, ainda verticais, com seus pátios de lajotas vermelhas onde alguma mácula sinistra enlutava sua estranha lisura como se viesse do além...

O pátio do achado...

Naquele pátio, o buraco abria sua cabeça negra. Aquilo me incomodou, como se estivesse zombando da minha cara pobre e também da minha emplumada companhia, e lhe dei um chute. Voou um naco da lajota vizinha. Continuei batendo com o pé e saiu um material corroído e corrompido, aumentando a abertura.

Falei para Bertoldo: "É um buraco astuto".

Com suas extremidades dentadas, mordia a noite e nos mordia.

O calhambeque freou, moendo trevos. Era o carrinho do italiano da estância, dom Narciso Gemmi, que nos ofereceu carona. Perguntei a ele:

— Esta era a casa de La Angelina?

— Acho que sim. Botaram essa parte abaixo em 1868. Seu bisavô morou aqui.

— O senhor o conheceu?

— Meu avô o conheceu.

Entramos no carrinho, íamos no banco de couro verde em direção à casa das gentes, ao nosso sótão. Chegamos. Começamos a subir a escadinha caracol até o exílio. Bertoldo pulou na sua estante, eu peguei os contos de Hoffmann. Lia em voz alta "O homem da areia", Bertoldo piscava como se tivesse entrado areia nos seus olhões. O homem da areia costumava torturar suas criaturas com alfinetes e agulhas. Pensei em María Assuri, fui um inseto cravado pelos seus alfinetes num insetário, que ela auscultava com olhos cinzentos, imobilizava, classificava, rotulava: "Adolescente superdotada; seus problemas na sociedade elementar e outros inconvenientes". Eu me consolava porque sabia que nós, os anormais, vivemos pouco, e que Juanín Gran Pistola tinha morrido no fim do verão.

Sara trouxe um recado: "Seu pai disse que você vai jantar com a família, porque hoje vem a srta. María Assuri".

O relatório

Não consigo apagar da memória o rosto de Luis insepulto por obra e graça do amor da sua segunda esposa. Não sei por que penso na flor asteca. Mas chega de ser irônica, preciso aceitar que se trata de algo sublime, ainda que me doa. Exumo do meu sepulcro pessoal — meu baú ancestral — o relatório de María Assuri:

Espero que Chela entenda até que ponto pode ser prejudicada por sua total inconveniência, por seu exagerado afã de superação e sua anormal condição de superdotada. Acredito que o afastamento da família a favorecerá, pois no instituto de regime severo talvez valorize o que é a estadia no seio do lar.

Essa menina — já adolescente — é como um barco difícil de comandar. Pessoalmente, creio que se trata de um ser excêntrico e sádico. Expresso isso porque ela faz todo o possível para agravar qualquer situação e torná-la mais pesada. Tento observá-la sem que perceba, e me impressiona comprovar que sou eu a observada com maior profundidade, com agressividade. Estou desorientada. Gostaria de despertar alguma sensatez em seu íntimo, sua psique, alma ou o que for; Chela carece de sentimentos para com seus semelhantes e ama apenas os animais.

Agora mesmo sabe que deve descer à "casa das gentes", como denomina o térreo, e ouço-a ler aos gritos uma página de Romain Rolãn. Dirige-se a uma coruja. Desconheço nesse vozeirão de homem a voz de Chela.

Essa garota é realmente desagradável; faz de tudo para ofender as pessoas, é suja e malcriada. Esse vozeirão é de Chela? Ou será que algo ou alguém terrível a habita, possuindo-a? Como mulher da ciência, não acredito em possessões demoníacas, Chela é dominada por um intenso sentimento de ódio e rejeição.

Vi quando ela voltou de sua vadiagem.

Sara lhe pede para descer por ordem de seu pai; deveria se higienizar, mas continua lendo:

Cada um traz dentro de si um pequeno cemitério dos seres amados.

Ali dormem por anos a fio sem que nada os perturbe. Mas chega um dia em que o túmulo volta a se abrir e os mortos saem e sorriem com seus lábios descorados, porém sempre amantes ao chamado do amante em cujo seio descansam, assim como dorme a criança nas entranhas maternas.

Espio pela fechadura da porta e vejo que ela se dirige à coruja, e não posso evitar que meus pelos se ericem quando ouço: "Embora não nos víssemos com os olhos da cara, nos víamos com aqueles olhos que ambos conhecemos e regressaremos de nossas cinzas para ser o que somos e andar juntos".

Tenho que interromper isso.

— Chela, precisa se vestir e descer.

— Por acaso estou pelada?

Apesar do demônio iracundo, pego um par de sapatos da sapateira, lustro-os, convidando Chela a calçá-los. Ouço apenas:

A vida é apenas uma parte... De quê?
A vida é apenas som... De quê?
A vida é apenas o sonho de um sonho
e a verdade está em outra parte.

— É um poema de Rilke, não é mesmo, Chela?

— A senhora é muito sociável, não poderia entender Rilke. A senhora, como muitos, balbucia poesias e nada mais.

Saio do sótão. Pouco depois ela desce, suja, um desastre. Será que algum sentimento se agitou dentro dela ao ver seu pai? Talvez algo parecido com um sentimento, porque o sr. Stradolini estava muito abatido.

O pai disse:

— Sei que essas formalidades a incomodam, mas logo você irá embora daqui, é justo que tome conhecimento de algumas novidades.

O sr. Stradolini esperava alguma palavra, uma pergunta que demonstrasse que sua filha está interessada. Mas não.

O pai continuou:

— Você fez nove anos, mas com a certidão falsa acrescentamos quatro, o que dá um total de treze, o suficiente para que entre no Instituto Religioso para cursar o secundário. Você e Juan Sebastián são minha desgraça, porque dois monstros são demais para um só pai.

Notei que algo havia se agitado dentro de Chela, uma coisa sombria como um complexo de culpa. O pai prosseguiu:

— No fim das contas, faça o que quiser da sua vida: se deseja entrar pro instituto, entre; se prefere outro colégio, diga, ou dedique-se à vadiagem como fez até agora junto com essa porcaria de bicho, sua porca.

Intervim:

— Crianças muito inteligentes são raras, nunca tive uma aluna tão inteligente como Chela.

Os Stradolini não se amam. Talvez a questão estivesse em Chela e, ao sair de casa, o problema fosse resolvido ou a situação melhorasse.

A mãe entrou com Lula, sem o irmão que Chela, suponho, esperava conhecer. A imagem de sem-vergonha da minha aluna nada tinha a ver com as duas mulheres.

Falei:

— Os sábios e as sábias são distraídos e não respeitam a etiqueta.

Concentraram toda a atenção em Lula, Chela perdeu o equilíbrio que ainda mantinha. A situação piora quando chega a comida, peru recheado. Chela desconhece o uso dos talheres. Espeta uma peça, que sai voando.

O pai disse:

— Pode ser muito sábia, como a senhora afirma, mas à mesa se comporta como um animal.

Lula interveio:

— Como uma Cataplasma.

E eu:

— Isso pode ser corrigido.

Todos se calaram.

Chela não comeu nem disse uma só palavra, e reparei que nunca havia conversado em família. Incomunicabilidade que ela mesma buscava, fazendo de tudo para bater de frente com seus pais. Quando serviram a sobremesa, jogou o guardanapo e fugiu para o sótão. A sra. Stradolini derramou duas lagrimazinhas e logo depois se esqueceu do incidente.

Subi até o sótão. Chela estava conferindo seus pertences e rasgando papéis, como se cortasse qualquer laço que a prendesse ao passado. Nunca vi uma garota tão parecida com uma cigana, e se ela não tivesse traços tão semelhantes aos de sua mãe e um temperamento, digamos, herdado do pai, teria pensado que se tratava de uma menor adotada ou agregada ao grupo familiar, embora não assimilada.

Planejou um esquema para poupar tempo. A) De manhã, percorrer o campo e buscar objetos. B) De tarde, ler, escrever, pensar. C) De noite, destruir tudo o que fosse inútil, mesmo sendo algo muito querido. O item C me preocupou. A única coisa querida para Chela era a coruja. Uma ideia cruel me angustiava e me dispus a observar, a espiar se necessário. Uma noite, ouvi o bichinho espirrar como um frango moribundo e vi que Chela enfiava em seu bico um pozinho dissolvido em água, como uma aspirina. Depois, um silêncio pesado, cinza, de chumbo, pesou sobre o sótão. Chela saiu em disparada, como sempre, levando um pequeno embrulho. Entrei no sótão e olhei pela janelinha em direção ao aterro, ela estava enterrando alguma coisa ao pé da roseira. Lembrei-me de que antes havia ali outros bichinhos que foram sumindo. O problema seria muito mais grave se essa garota reivindicasse o direito de matar. Como mulher da ciência, eu não podia arriscar uma opinião até que o caso fosse investigado a fundo. Desde o momento do enterro, peguei aversão, senti nojo daquela estranha criatura.

Antes de deixar o sótão, me apropriei de alguns escritos. Li: "As borboletas se secaram no vento e a paisagem se despede de mim. Para que cresci? Eu não pedi para nascer. Não me deixarei dominar pela chamada sociedade dos seres normais; se não se cumprir em mim a evolução que transforma um sujeito comum em pessoa, pior para eles... Sou um animal superdotado lançado ao mundo por erro dos humanos vulgares. Sou uma deidade zoomórfica. Meu pai diz que sou um bicho e ele tem razão. Agora os deixarei na sua paz imunda com cheiro de tempero de cozinha, na sua sala de jantar de louça fina e talheres complicados; eles conhecem isso melhor que eu. Não tenho mais com quem conversar porque Bertoldo logo terá morrido e ele sabe disso, tornou-se taciturno e calado. Sou um besouro de barriga para cima. Farei o enorme esforço de me virar. Antes de deixar o Inferno, falarei".

Pressagiava a morte da coruja. Me senti doente. Que tipo de veneno ela manipulava? O que não faria a qualquer momento com Lula, se envenenou o único ser que amava? Eu estava entregue à minha imaginação, atitude nada profissional para uma psicóloga. Chela me chamou para ajudá-la a tomar banho no pequeno lavabo, pois não queria descer até o banheiro da casa das gentes. Temi que ela notasse meu estado de tensão.

É trabalhoso limpar um território comprido, embora estreito, que raras vezes foi submetido à higiene. Nua e ensaboada, ela parecia uma boneca sem sexo, um marimacho jovem, magro e impúbere. Foi cansativo pentear seu cabelo comprido até a cintura, ondulado pelas tranças frequentes. No fim, até que ficou uma garotinha simpática — desde que de boca fechada —, não diria bonita, apenas graciosa. Ou um machinho travesso, muito moreno. Alguém perdido na selva que nunca foi a um salão de beleza.

Começou a modular a voz, a ajustar o timbre e tom para não soar como falsete ou trombone na casa das gentes. Depois de arriar sua bandeira de solidão, lia Proust numa edição das *Revue des Deux Mondes* que seu avô colecionava. De sua altiva torre de intelectual, queria vencer a incúria dos parentes. Pus-me a espiar a revista por cima de seu ombro. Em destaque, estava a "casa da madame de Noailles" e um comentário de Proust no rodapé:

Vinde comigo ao jardim
ver se brotou a videira,
ver os capins do vale.
Meu jardim tem bosques
onde a romã se mistura
com os mais belos frutos;
o ligustro, o nardo, o açafrão,
a canela, o cinamomo, a mirra
e toda sorte de árvores aromáticas.

Chela disse:

— Seria a madame de Noailles, pastora de pomares, bela e distinta, uma espécie de rainha por quem Marcel estava intelectualmente apaixonado?

Suspirou:

— *Hirondelle d'argent.*

Me encarando, perguntou:

— Diz pra mim, um dia eu serei uma andorinha prateada?

— Talvez — respondi com certo temor.

— Sabe quem foi a madame de Noailles?

— Sim, ouvi algumas poesias.

Ela repetiu algo que eu havia pensado:

— A senhora acha que da minha torre intelectual vencerei a incúria das gentes?

Não soube o que responder àquele "estrupício de nove anos".

Insistiu na história da andorinha de prata.

— A senhora não está sendo sincera comigo, nunca serei bela como a madame de Noailles, delicada como *"une hirondelle d'argent"*.

Esse diálogo me deixou perplexa. Mais tarde, Chela entrou em um torpor, fixando sua atenção sonhadora na revista, e quase pude acompanhar a viagem imaginária que ela empreendia, evadindo-se da caipira feiosa que era e do lugar onde se escondia feito um bicho, para entrar na residência da escritora, em Chambéry, e conversar com pessoas importantes, passeando pelos terraços do século 18, entre as torres e os belos parques civilizados à francesa.

De repente, falou:

— Com uma borracha gigante eu apagaria esse campo selvagem, esse azul-intenso, e desenharia o tom plúmbeo "da champagne" derramado sobre os peixes oxidados dos tanques.

Insinuei:

— Chela, com essa voz tão bem modulada, precisa descer à casa das gentes e se fazer ouvir.

— Não tenho medo deles, descerei.

Percebi que ela ia murchando enquanto descia e, ao chegar perto do pai, não falou.

— Você vai viajar até o instituto com Sara no carro de Narciso. Prepare suas coisas, já vão subir o baú ao seu pardieiro.

Acredito que o sr. Stradolini foi bastante inflexível e duro, mas que outra atitude ele poderia assumir diante da criatura horrorosa que o insultava com o olhar?

Fui com ela até o sótão e ficamos olhando a chegada do outono pela janelinha. As folhas caídas já entupiam os ralos e, por causa das chuvas e da umidade, um vapor pestilento subia das poças como um tule nojento. Na bolsa de Chela, aquela dos achados, pusemos livros e papéis, cadernos, mexericos.

Partimos às seis da manhã, e a poucas quadras do instituto começamos a ver as moças, algumas a pé, outras de carro. Chela, impávida, não demonstrou emoção. Eu estava mais empolgada que ela. No pátio, as freirinhas faziam a chamada. Algumas espiavam para descobrir suas antigas educandas e ver caras novas; as alunas provenientes do Curso Preparatório gozavam de certas vantagens sobre as que vinham de outros colégios. Sara e Narciso descarregaram o baú e foram embora de carro. Chela observava não sei se com deboche ou inveja as meninas que não queriam ser deixadas por suas mães. Algumas choravam. A irmã preceptora, ao passar por Chela na lista de chamada, disse: "Ah, a superdotada". Ouvimos risadinhas zombeteiras no pátio; Chela queimava de fúria. Espirrou três vezes como se estivesse constipada. Uma garotinha disse: "Pelo menos espirra igual às outras".

— Vocês vão dividir o quarto com Analía.

Analía era uma loirinha da alta sociedade. Pegou suas malas e, com agilidade, levou-as ao primeiro andar; Chela parecia meio desengonçada por causa dos sapatos. Quando Analía quis lhe dar um beijo, ela estendeu a mão. E, enquanto abríamos o baú de Chela, criou-se um pequeno motim na porta do quarto, pois todas insistiam em ver o que o monstro trazia ali.

Deviam esperar que, ao abrir o baú, saísse uma revoada de espantalhos, coelhos, salamandras e duendes, mas só saltaram uns trapos de mau gosto comprados por Sara na loja do turco.

Chela não deu a mínima. Analía começou a desembalar um verdadeiro enxoval de roupa assinada na etiqueta por modistas estrangeiras e até um vestido de festa.

— Não trouxe vestido de festa?

— Você vai dançar aqui?

— Che, de onde você vem? É boba ou o quê?

Chela não podia ser sincera naquela comunidade, não podia dizer à sua colega de onde vinha, porque ela não teria acreditado. Entendi com tristeza que Chela trazia consigo uma espécie de exílio. No primeiro diálogo que tiveram, Analía classificou Chela de "boba". Muito acertado. Chela é uma boba genial (Juan Sebastián é um bobo imbeciloide). Ela não suportaria aquela comunidade social tão básica, primária e secundária. Na verdade, não poderia integrar-se a nenhum grupo humano. E lá estava ela, de pé no quarto do apartamento compartilhado, sem se interessar pelos luxos de Analía espalhados em sua homenagem.

Comparei-a com uma aranha. Uma dessas aranhazinhas que moram nas paredes descascadas e ficam quietinhas até uma criança travessa incomodá-las. Então, se enfurecem e pulam. Chela acumulava veneno. Sua estadia no instituto não durou. Os motivos: um pouco sua incapacidade de adaptação, outro pouco a qualidade da instituição, apta apenas para adolescentes normais. Minha boba genial exigia um tratamento diferente.

Há suficientes sujeitos como Chela para que o Estado decida fundar institutos para superdotados. Para que seja uma reivindicação. Institutos para superdotados. Esse é o anormal mais infeliz, porque entende sua condição e nisso é inferior ao infradotado, que vive numa boa. Nos exames e em sala de aula, Chela tirou nota dez sem exceção. E a inveja das colegas? Eram doze, treze e até quinze anos contra nove.

A superdotada terminava as provas e, para não se entediar, fazia as da fila inteira. As colegas davam um jeito de lhe passar a folha em branco. Depois, bocejava ostensivamente para irritar. Repito que Chela jamais poderia ser sincera naquela comunidade, e era impossível não notar que ela vinha de um lugar fora do comum, onde se sentira deprimida, perdendo qualquer contato com a moda, não apenas em termos de vestimenta, mas também de vocabulário e formalidades que envolviam o trato com meninas de sua idade. Chela, natural e primitiva na forma, profunda e culta no conteúdo, era algo impossível de aguentar.

Analía usufruía especialmente de sua capacidade. "Hoje não estudaremos história, María Micaela vai nos salvar com sua lábia", e ela entrava no século de Péricles com regozijo, como se tivesse vivido em Atenas. Gostava de ensinar, apontar nos mapas o desenrolar das guerras antigas. A professora a batizou de "Heródota" e Chela estremeceu, pois sabia quanto pesava um apelido. Algumas professoras não a chamavam, outras pulavam seu nome na chamada; numa reunião de conselho, rotularam-na de "pedante" e as freirinhas, já de longe, observavam o possível súcubo.

— Por que seus pais não vêm te visitar?

A madre superiora queria abrir uma fresta na parede para ver escorrer uma lágrima ou outro humor que lhe desse indícios de que aquela garota, que quase não saía da biblioteca, que não gostava de exercícios físicos, que não sabia dançar, era humana.

Insistiu:

— Por que ninguém te visita?

— Não sei, senhora.

— Me chame de madre.

Ela se calou.

— Você se isola, não se integra. Está incomodada?

— Não.

A freira, visivelmente contrariada pelo laconismo, apertou o rosário:

— Precisa se integrar, se comunicar.

— É obrigatório pelo regulamento?

— E você por acaso conhece o regulamento?

— Claro que conheço, eu o li e não diz nada sobre integração.

— Bom, aqui quem manda sou eu e você vai se integrar.

Chela sorria, gozadora. A freira mandou chamar Analía. Depois, intimou o pai de Chela e o esperou em vão. A superiora decidiu que tirariam um ponto dela em cada matéria por não se integrar e que a reprovariam em educação física. Não obstante, Chela decidiu passar aquelas férias no instituto. A superiora me chamou e me submeteu a um interrogatório típico de uma freira: nada importante nem profundo, mas deduzi que Chela era um elemento perturbador e que ela arrumaria algum pretexto para erradicá-lo.

Falou:

— Ela não quer sair de férias. Prefere estudar dois anos por conta própria, com a senhora como assistente, o que será muito difícil que lhe concedam.

Respondi que não tinha objeção a ficar com a garota durante os meses de férias, e que tentaria dissuadi-la da ideia de estudar sozinha.

Eu sabia que não iria conseguir nada, pois Chela tinha ideias fixas.

Foram três meses de sacrifício para mim, o dia inteiro na biblioteca, breves intervalos para comer e nada mais. Vendo-a entusiasmada, quase feliz, não me atrevi a dizer que refutariam seu pedido. Será que intuiu? Quando negaram, ela não se alterou. E, naqueles três meses, só falou e interagiu com os livros. A irmã bibliotecária sabia que ela falava com os livros, como os tratava, e quanto trabalho Chela lhe deu, fazendo-a subir e descer a escadinha.

As meninas voltaram com o verão e o amor na pele, porque, além de praia, tiveram namorados. Entre risadas e gritinhos, comentavam coisas de fora, cochichando. Enquanto o cheiro do mar e a magia da montanha exalava das conversas das adolescentes recém-chegadas, Chela refletia sobre seu pedido negado, chegando à conclusão de que para ela não havia espaço e esperança naquele ambiente. Resolveu que naquele ano Analía não se aproveitaria de seus conhecimentos. A bruxinha sociável percebeu e armou sua máquina de guerra fria.

— A madre superiora me chamou pra informá-la sobre uma certa pessoinha.

Analía era filha de latifundiários de pequena importância. Ela dizia "latifundiários" porque tinham umas terrinhas e alguns animais. Conheciam a família de María Micaela. A essa altura dos acontecimentos, Analía sabia mais que Chela, até os detalhes do que ocorria no seio da casa dos Stradolini.

Reparei que Chela comia muito bem, com desenvoltura, aguentando as piscadelas e sinais que as colegas lhe dirigiam. Pensou: "O que Analía irá informar?".

Recapitulou possíveis irregularidades: isolamento, deboche das professoras molengas e caguetas, guardar nus greco-romanos dentro dos cadernos, posse das revistas de *Deux Mondes*, fumar.

— O que você vai fofocar pra freira?

— A verdade e apenas a verdade, não vou fofocar.

— Você é uma ignorante...

Chela não pôde terminar a frase, pois a irmã preceptora intercedeu:

— Você, María Micaela, comete pecado de orgulho e vaidade.

— Há pecados piores, como o de estimular a delação.

— O que está tentando insinuar?

— Pergunte à autoridade.

— Refere-se à madre superiora?

A preceptora transpirava e o suor ficava estancado comicamente no bigodinho.

Chela bramou:

— Seque o suor dos bigodes!

A freira preceptora gorda secou os bigodes e foi embora chorando. Antes de sair, disparou contra Chela:

— Você é um animal.

Haviam conseguido o que se propuseram muito tempo atrás... Montaram um comando de operação no quarto de Chela e confiscaram *Os cantos de Maldoror*, *Uma temporada no inferno*,

Iluminuras, As flores do mal, a coleção de revistas francesas, um caderno cheio de anotações e dois maços de cigarro.

Convocaram o sr. Stradolini, que delegou para Sara a diligência.

Estávamos em meados do ano letivo e já preparavam a Festa da Primavera. Chegavam as caixas com os vestidos, algumas etiquetas denunciavam "Paris-Roma". Vinham presentes para o instituto.

Eu soube que aquele ano ela não seria escolhida para carregar a bandeira, pela redução de pontos e a reprovação em exercícios físicos. Solicitei uma reunião com a madre superiora, pois Chela queria falar com ela. Foi concedida.

— Senhora, quando devolverão meus livros, meus nus, minhas revistas e meus cigarros?

Eu queria que a terra me engolisse.

A freira apertava as contas do rosário:

— Você é um demônio... E você, srta. Assuri? Foi pra isso que solicitou a reunião? Pois saiba que no ano que vem não estarão mais aqui.

Justo naquela tarde, Sara apareceu. Conversou com a superiora e foi embora sem que nos encontrássemos.

Com a festa se aproximando, em cima da caminha de Analía luzia o vestido de organza amarela com ilhós no decote e casinha de abelha no corpete.

— Gostou? — perguntou para Chela.

— Dedo-duro.

Analía tentou arranhá-la e Chela lhe deu um chute no estômago que a dobrou ao meio.

— Que barbaridades você foi contar pra freira?

— Você é tão louca e degenerada quanto seu irmão, o anão. Vocês são sórdidos, ou acha que ninguém sabe?

Vi que Chela gaguejava pelo susto da notícia. A outra continuou: "Sua mãe está grávida de novo e vai ter outro louco". Não pude conter a fúria daquele "estrupício". A força de Chela era como a de um animal enjaulado que escapa. Me deu um empurrão e caiu em cima de Analía. Ouvi um "crac" macabro de osso quebrado. Ela quebrou um braço da menina e queria quebrar o pescoço, puxando seu cabelo por trás, com o joelho entre as omoplatas. Pedi ajuda. Chegaram duas freiras jovens e não puderam fazer nada. Um furacão soprava no quarto e os hábitos voavam como capas da Idade Média. O animal continuava atacando Analía. Veio Ariel, o padre confessor, e tentou desatar aquele todo dramático formado pelas duas criaturas. Não conseguiu. Veio o jardineiro e nocauteou Chela, que a princípio cedeu, para recomeçar a luta com o homem de igual para igual. Aproveitaram para tirar Analía dali, meio morta. Um minuto depois, Chela estava como se nada tivesse acontecido. Analía, na enfermaria. Eu, com uma enxaqueca horrorosa.

— O que vou fazer? — dizia a superiora. — Se ficarem sabendo, os pais tirarão as meninas daqui.

Decidiram me encarregar do fardo de ir até a estância e pedir que viessem buscar Chela imediatamente.

O sr. Stradolini, subestimando a importância do episódio, disse que iria assim que pudesse.

Trancaram Chela de castigo num quarto onde havia um caixão com um esqueleto. Chela derrubou a porta e emergiu feito um monstro furioso. Em vez de atacar, recitava versos de Rimbaud com aquele vozeirão de homem, o mesmo do sótão:

Sou escravo de meu batismo.
Pais, fizestes minha desgraça e a vossa.
Pobres inocentes...
Sacerdotes, professores, mestres,
vós vos enganais entregando-me à justiça.
Nunca pertenci a este povo,
sou da raça que cantava no patíbulo.
Não compreendo as leis,
careço de senso moral.
Sou um bruto;
vós vos enganais.

Ninguém no pátio. Fiquei sozinha. O padre Ariel foi se aproximando passo a passo. Ignorava que ia rumo a um abismo do qual jamais poderia emergir?

— Menina, María Micaela.

— Vá pra puta que o pariu.

— Por que tenho que ir pra um lugar tão feio?

O monstro sorriu para o padre, o padre tirou uma cigarreira do bolso fundo e lhe ofereceu um cigarro. Ela aceitou e, sentados no chão, fumaram.

Ariel disse:

— Tenho um presente pra você, do seu pai.

Estendeu a ela um envelope.

— Está vendo — continuou Ariel —, duas passagens pra Europa; a outra é pra María Assuri.

— Por favor, peça ao meu pai que me deixe ficar na estância este verão.

Recordo que voltamos para a estância. Desde então, Ariel mora lá. Embora tenha voltado com eles, eu estava destroçada e decidida a pedir as contas. Notei que Chela havia crescido, era uma mocinha de dez anos. Naquela noite, jantaria com os Stradolini. Na sala de jantar, na grande parede, um espelho veneziano me entregava a cena completa: Chela estava quase bonita com sua sainha plissada e sua blusa de *broderie*, calçando sapatos brancos de salto baixo. Com o tempo, se pareceria com aquelas mulheres magricelas pintadas por Modigliani. Lula tinha oito anos e ajudava a pôr a mesa; a mãe, com uma nova gravidez, segurava Juan Sebastián pela mão. O pai envelhecera de modo ostensivo, também estava Camelia, amiga da família. Juan Sebastián, cinco anos mais novo que Chela, parecia um bonequinho de presépio. Anão imbeciloide, ronronava "Mmmm... Mmmm... Mmmm..."; repulsivo, babava porque estava faminto. Chela, que tinha acabado de conhecê-lo, sem dúvida recordou de sua rubéola.

Foi um jantar silencioso, tenso, eu diria, a ponto de terminar quando o sr. Stradolini comentou algo sobre a viagem. Me ofereci para dormir com Chela no sótão, pensando em rever a possibilidade de adiar minha renúncia. A simples ideia de uma viagem à Europa me seduzia.

Quis cativá-la trazendo-a de volta às páginas da *Revue des Deux Mondes* com o artigo de Marcel Proust dedicado à madame de Noailles.

Já nos tratávamos por você, então eu disse a ela:

— Você não quer mais apagar com uma borracha gigante esse céu e seu sol intenso pra pintar "a champagne" sobre o tanque com seus peixes oxidados?

Exausta, ela disse:

— Nunca serei *"une hirondelle d'argent"*.

Se tivesse suspeitado o que ela estava maquinando, eu a teria seguido até o campo na manhã em que subiu no arado e saiu quebrando talos e levantando terra e pedras com as lâminas. A carroça capotou e prendeu um braço dela, ouvi um "crac" sinistro como o de Analía. Consertaram o desastre e ela andou com gesso e uma tala cuja sombra no sótão fazia par com a harpa no canto. Não viajaria mais.

De noite, na penumbra compartilhada, pensei ter ouvido "Hu... Hu... Hu...", o pio da coruja.

Ela disse:

— Não assassinei Bertoldo, apenas contribuí pra salvá-lo de futuras tristezas e da solidão.

Fingi não entender, como se estivesse meio dormindo.

— O que foi, Chela?

Seguiu-se um lento silêncio tingido de medo, porque os objetos do sótão, sob o efeito de algo espiritual que eu não conseguia captar totalmente, adquiriam movimento. E a harpa soou suave, como se uma varinha de ouro estremecesse as cordas, e o xale de Manila que a cobria caiu como uma manola morta.

Talvez a influência de uma taça a mais, ou talvez o clima estranho daquele sótão tenha me levado a interpretar aquele "Mmmm... Mmmm... Mmmm..." como o canto do verão. Mas de repente vi aquele menino anão: havia trepado na escadinha, pulou em minha cama e me atacou a dentadas. Chela começou a se bater na parede com a tala, e o gesso solto liberou o braço.

Por isso fui embora. Por isso abandonei meu trabalho muito antes de poder concluí-lo. Porque sou uma mulher da ciência, e não uma exorcista.

O concurso

Meio século depois, releio os documentos que María Assuri intitulou de "Relatório"; quantos erros, quanto desconhecimento da psique e de suas zonas luminosas e obscuras, e de tudo. María não era psicóloga, era "professora básica de psicologia", uma docente semiculta.

Vestígios desbotados com elos celestiais, foi o que achei no mesmo baú daquela época, e embora María Assuri tenha sido injusta, tantas folhas secas e cartõezinhos com ramos de violetas adoçaram, sem enjoar, meus sentimentos. Não acredito que tenha batido em Analía com tanta fúria. Enfim, do episódio guardo apenas um rolar pelo chão do apartamento, uma luta corporal e o "crac". Não me demorarei na análise do relatório citado.

Juan Sebastián subiu ao sótão, decidiu morar ali, me escolheu e eu o aceitei, nos adotamos por sermos ambos anormais.

— Vou te ensinar a pensar, vou te ensinar a falar.

— Mmm... Mmm... Mmm...

Entendeu.

Sara desceu a cama de María e subiu o bercinho de Juan Sebastián: agora tínhamos mais espaço. Consegui livros para estudar sozinha as matérias do secundário e então entrar na universidade.

Eu repetia, na frente do meu irmãozinho: "Che... la", queria que alguém amado me chamasse pelo nome.

Juan Sebastián observava meus lábios com a atenção de um cachorrinho que deseja agradar seu amo; eu continuava: "Che... la".

Diante da dificuldade ou impossibilidade de obedecer, ele se escondia envergonhado.

Meu amor por Rimbaud me impelia, por catarse ou resignação, à sua leitura. Claro que eu também lia para Juan Sebastián, que me ouvia devotado.

> *Seres imprevistos e perfeitos*
> *se oferecerão a tuas experiências...*
> *Zumbirão flores mágicas,*
> *embaladas nas encostas,*
> *gênios de uma beleza*
> *inefável, deveras inconfessável.*

Flutuou na penumbra miserável: "Sim... Sim... Che... la".

Meu irmão aplaudia porque o ritmo extraordinário do verso, um dos poucos versos escritos no mundo, tremulou alguma corda apagada, aflorou o som da voz e a palavra.

Palavra e voz vieram pelo sinuoso e sublime pentagrama do estranho poema do mais puro poeta que já existiu.

— Sim... Sim... Che... la.

Da sua vacuidade sem remédio, meu irmãozinho babão, um bicho infame, aplaudia a luz, a suprema beleza, a perfeição. E estreava suas duas palavras pulando como um gato pelo sótão e dando cambalhotas como um bobo da corte.

Sua saliva, tão copiosa, ia deixando um rastro de caracol da cama até a estante.

Sugeri a ele uma ocupação: juntar as bolinhas de papel que eu jogava no chão e botá-las no cesto. Ele gostou e parecia um velho catador de lixo preocupado em exercer seu ofício sem erros. De certo modo, Juan Sebastián foi o mensageiro de uma notícia que me fez feliz por um tempo: todos os jornais e revistas que Sara passava por debaixo da porta iam parar nas mãozinhas do meu irmão, que, não sem esforço, os entregava para mim. Num desses jornais vinha a notícia do concurso literário para jovens autores. Em destaque: "Concurso Edições Roux para escritores jovens e iniciantes". O prêmio consistia na publicação da obra.

Por cortesia, propus ao meu irmãozinho que escrevêssemos um romance curto e ele aceitou com suas duas palavras. Quando terminei, o li e ele aprovou: "Sim... Sim... Che... la". Fui ao correio e o enviei.

O que María conta sobre o padre Ariel é verdade. Ele ainda mora na estância. Nos tempos já distantes de Juan Sebastián, ele nos observava trepar nas árvores e correr atrás dos insetos, pegar "besouros-viola" de lindos tons azuis metálicos, esguios como menestréis da Idade Média, e quando os fazíamos cantar, presos entre as duas mãos, e os libertávamos sob o céu intenso dos verões bonaerenses. O padre Ariel observava nossas travessuras de furtar carne das grelhas das barraquinhas, de sacanagem e também de fome, pois ninguém mais prestava atenção na gente.

"*Il testone ostinato*", diziam os peões italianos; "*El cabezudo*", diziam os espanhóis. Ano após ano, meu irmão parecia mais assustador. E era. Passaram as libélulas, os frutos, e todo verdor ficou ameno. Meu irmãozinho quase criança, quase inseto, quase fruto, quase flor, compartilharia tal fugacidade. E, daquele quadro edênico com duendes e manes, restaria um balbucio, um zumbido, uma fragrância, um torpor. Nossa existência transcorria naquela água-furtada de sabor abjeto, deslizando como lagartos, sem barulho, quando um cheirinho prometia comida, ou ambos mergulhávamos num comedor de aves, ou descíamos como ovinos até o cocho. Mas havia alvoroços quando a agulha de aço rolava pela superfície dos discos de Mozart e Beethoven, e então Juan Sebastián pronunciava suas duas palavras. Quando ele dormia ronronando como um gato, eu estudava por conta própria. Enquanto isso, olhava sua camisola suja, seus pezinhos minúsculos corolários de duas pernas de Liliput, a cavidade imensa do seu cabeção no travesseiro. Não obstante, eu sabia que todo aquele terror guardava uma alma bela.

Nossa singular orfandade, somada às criaturas da noite, desenhava uma terra seca, um lamento, um ponto cego.

E um compensava o outro: eu, que nunca precisei de nada de ninguém; ele, que precisava de todos e que só teve a mim, para curar suas pústulas, seus dodóis, suas escoriações, suas febres e terrores noturnos que o lançavam do seu bercinho como um pardal do ninho na tempestade.

Às vezes, eu o acordava e o sacudia, de medo que estivesse morto, de tão leve que era sua respiração. Um poema de Rimbaud me ajudava a montar o quebra-cabeça da nossa vida, cujas peças separadas careciam de significado e que, ao encaixar cantos côncavos e convexos, formavam um todo inteligível:

> *Meu triste coração baba na popa,*
> *meu coração coberto de lixo.*
> *Jogam nele jatos de sopa.*
> *Meu triste coração baba na popa.*

Passavam-se semanas sem que Sara subisse para limpar e, embora meu irmãozinho se empenhasse em juntar papéis, o chão coberto de imundície nos dava nojo, mas menos que o chão da casa das gentes, lustrado e acarpetado.

Um dia, Sara veio e trouxe notícias.

— Seus pais vão viajar à França com as passagens que você não aproveitou, Lulita vai entrar pro noviciado das Carmelitas e, como a srta. María foi embora, eu vou cuidar de Juan Sebastián.

— Veremos...

Juan Sebastián, grudado nas minhas calças desbotadas, pronunciava apressadamente suas duas palavras.

Sara repetiu:

— Eu vou cuidar do menino.

Gritei:

— Quer deixar a gente em paz?

A negra entendeu que sua integridade estava em perigo.

Quando nossos pais se foram, tomamos posse da casa. Invadimos a cozinha e a cozinheira fugiu, pegamos os embutidos pendurados dos ganchos e mordemos as pontas, mastigamos a pele dos salames, jogamos futebol com os queijos redondos. Comemos como nunca. A cozinheira chorava no quintalzinho e Juan Sebastián limpou o ranho no seu avental, depois nós a trancamos à força na despensa e lhe demos uma surra. Meu irmãozinho patinava na bancada, ia de um extremo a outro com agilidade de alpinista, e eu o imitei.

Estávamos nos vingando do lugar onde guardavam os alimentos.

Donos absolutos da casa das gentes, uivamos na noite como lobos e rolamos no dormitório chique de Lula, na colcha branca, no travesseiro com suas iniciais, no tapetinho azul.

Sara perguntou, espantada:

— Vão dormir aqui?

— Uma noite aqui, outra lá...

— Vocês vão conseguir que eu vá embora.

Soluçou como uma negrinha. Depois se trancou no seu quarto, ouvimos o "tric" do abajur, o "tlic" das agulhas de tricô. Eu saboreava uns teoremas do quarto ano, meu irmão pulava em cima do colchão fofo feito marionete. Estudei vários teoremas, meu irmão pulou o tempo inteiro.

Propus:

— Vamos assustar Sara.

Ele bateu palmas. Saímos para o quintal pela varanda. Como os mosquitos nos torturaram... A casa tinha — e tem — janelas como vitrais. De um ângulo, espiávamos a negra, com sua camisola branca e sua branca touca; não tricotava mais, lia seu missal movendo os beiços gordos, exorcizando demônios. Apagou a luz elétrica e acendeu a lamparina de prata, cujo pavio incitava — e incita — uma dança de ninfas e faunos. Nós, os bichos do sótão, inventamos maldades enquanto os pernilongos devoravam nossas pernas. De repente, ela sentiu nossos olhares; girou os olhos na direção de onde estávamos e fez o sinal da cruz.

Falei pro meu irmão:

— Traga a corneta.

O duende desandou o caminho e me entregou a corneta do gramofone, e por ali recitei versos de Maldoror que eu sabia de cor, recheando-os com alguns da minha lavra que os tornavam mais inteligíveis e temíveis:

Oh, luz de candeeiro de prata,
meus olhos te distinguem na sombra;
camarada das cúpulas das catedrais;
meus olhos perguntam por que iluminas
essa negra imunda.
Por acaso é obrigado
a servir uma imundície?

Faziam coro os uivos do menino, cujos olhinhos brilhavam como os de Bertoldo. Continuei:

Segurava na mão
o tronco apodrecido
de um homem morto
e o levava alternadamente
dos olhos ao nariz,
do nariz à boca.
É isso que Sara come,
carne de tumba.

Ela não conseguia fechar as venezianas de madeira de imbuia, era uma boneca de borracha petrificada, um cordeirinho de astracã esperando a degola. Seu chorinho histérico nos deu raiva. Cantei com a voz grave e oca dos cavernosos:

Entre as grades
nos infiltraremos
te cortaremos em pedacinhos
e te de-vo-ra-re-mos.

Juan Sebastián esmagou a fuça contra o vidro e a negra caiu desmaiada no tapete de juta. Voltamos ao sótão. Li matemática até as quatro da manhã. Meu irmãozinho dormia. O anjo dourado da harpa vibrou. Agasalhei meu irmãozinho com o xale de Manila.

Na manhã seguinte, o carteiro trouxe uma notícia que nos alegrou: o envelope "Edições Pastor Roux" destinado à srta. María Micaela Stradolini.

Eu disse a Juan Sebastián:

— Me convocam pra terça-feira e hoje é segunda.

— Sim... Sim... Che... la.

Com um mapa, localizei a editora de Buenos Aires. Procurei no armário algo para vestir e encontrei um vestido azul-claro, plissado, com perolazinhas; limpei os sapatos brancos de salto baixo e sequei-os na colcha. Tomei banho, escovei o cabelo, despejei em cima de mim um frasco inteiro de água-de-colônia. Às sete da manhã, já vestida, pus numa bolsinha de couro quarenta pesos que peguei da gaveta da escrivaninha do meu pai e fui caminhando até a estação. Adquiri minha passagem para Buenos Aires.

Senti uma leve tontura. De nervoso...

Uns garotos disseram: "Que menina medonha". Eu ia fazer doze anos, mas estava muito crescida para minha idade. Umas vizinhas iam no mesmo vagão.

— É a mais velha dos Stradolini.

Eu conhecia as vizinhas: as velhas Mendizábal.

— São três ou quatro?

— Três. A sra. Stradolini perdeu o último.

— É o que eu sempre digo: dinheiro não traz felicidade.

Fiquei de orelha em pé:

— Você se lembra do avô, *che*? Morou a vida inteira em Paris.

— Foi ali que ele pegou sífilis.

A velha mais linguaruda foi ao toalete e eu atrás dela. Tirou a dentadura para fazer um bochecho e deixou-a na pia. Esbarrei com minha bolsa naqueles dentes postiços asquerosos e pisei em cima deles quando caíram. Ouvi um "crac" de ossos quebrados. A velha se pôs a juntá-los, choramingando. Gemeu com a tromba franzida:

— Olha só o que você fez...

— Desculpe, foi sem querer.

Entrei no WC para mijar satisfeita. Estraguei seu passeio à capital, elas desceram numa estação qualquer. Como eu gostaria que meu irmãozinho estivesse ali.

Conferi no mapa a localização da editora. Fingindo ser cidadã emancipada, olhei as vitrines e tomei café. Fumei. Às dez horas, cheguei à editora e me mandaram esperar. Cochilei numa poltrona macia de couro verde.

— O que deseja, menina?

Conheci Roux, ele tinha barba e era francês. Contei a que vinha. Notei sua surpresa pela minha idade.

— Veio com seus pais?

Expliquei que estavam viajando.

— Já almoçou?

Me convidou para almoçar. Enquanto eu comia, ele bebia conhaque.

— Pareço muito jovem?

— Não pensei que fosse assim tão jovem.

— O concurso não estabelecia limite de idade.

— Você é a vencedora.

Voltamos à editora e ele mandou trazerem do prelo um exemplar do meu romance, que depois da impressão emagrecera tanto que parecia um folheto.

— Pois bem, você ainda é uma menina e terei de falar com seus pais.

Na volta, ele me acompanhou até a estação Constitución, me comprou além da passagem uma caixa de bombons que parecia de prata e um buquê de rosas. Não me beijou. Notei que ficou com medo de que eu me apaixonasse.

Viajei de trem às sete da noite, fumei um cigarro. Eu me sentia algo assim, sensacional, como Greta Garbo. Trazia um buquê de rosas, uma caixa de bombons, um pacote de livros... meus... algo que me pertencia, que estranha sensação.

Minha alma estava exultante, doce como uma bala de mel. "Isso deve ser a felicidade", pensei.

Uns garotos disseram: "Que gatinha". Pode-se mudar tanto numa viagem de ida e volta?

Já de noite, cheguei à estância. Juan Sebastián me esperava impaciente e lhe dei a caixa de bombons. Melou o ambiente e lambuzou de chocolate tudo em que tocou. Desamarrou o pacote dos meus livros (nossos livros), empilhou-os e pronunciou suas duas palavras. Compreendi que ele também estava feliz. Senti remorso por tê-lo deixado sozinho por tantas horas. Começou a chover com aquela "chuva tão fina que nem parece que chove", segundo o poeta López Merino. No ritmo das gotas no telhado, como um bufãozinho, meu irmão dançou.

No início de 1934, meus pais voltaram da Europa. Quanto a mim, passando em mais três matérias, entraria na universidade. Eu continuava estudando sozinha. Passava. O sr. Roux veio à estância, meu pai o enxotou soltando os cachorros. Providenciaram a papelada para que o padre Ariel, que já estava instalado na estância, se encarregasse de uma "tutoria intelectual", como a denominamos. Muito tempo depois, comparei aquele livrinho com *Um certo sorriso*, de Sagan, foi meu filhinho prematuro.

Ariel disse:

— Vamos agradecer ao Senhor.

Saímos em direção à capela. O sr. Roux e o padre conversavam sobre ícones religiosos, e o bom editor, ao ver a imagem do santo que impõe silêncio com o indicador nos lábios enquanto segura um cajado com a mão esquerda, recordou sua Paris natal.

— É Saint Marcel.

Aos pés da imagem, um dragãozinho se contorce, moribundo. Perguntei:

— Por que o castiga?

O sr. Roux explicou:

— É uma velha história de Paris.

Não a conhecíamos.

O sr. Roux contou:

— Sempre, por culpa das mulheres, acontecem coisas maravilhosas e terríveis. Uma serpente dormia num lugar apropriado, entre as pedras de um dos muros de Notre-Dame. Naqueles dias, a Duquesa Pecadora faleceu e foi sepultada num local muito próximo ao ninho da grande serpente. Sempre faminto, o réptil devorou o corpo da duquesa, cuja alma havia devorado em vida.

"Como um corpo humano possui quatro membros, não é preciso explicar como se formou o dragão que assolou a cidade durante muitos anos. Então, Saint Marcel abriu a cripta e, com seu cajado, exterminou o monstro. Manteve silêncio sobre o episódio horrível, que é lembrado quando se vê a imagem com o indicador nos lábios."

Ariel:

— Alguns de nós acreditávamos que isso garantia o sigilo da confissão.

Roux:

— A Igreja guarda alguns segredos.

Como um milagre, começou uma época boa para mim, colaborei em várias revistas, no *El Día* e no *El Argentino*, jornais de La Plata. Meu pai teve angina de peito. Quando me chamou ao seu escritório, voltei a sentir pânico.

— Você anda muito valentona e mais presunçosa que nunca. Onde já se viu caso igual, uma intelectual de prestígio que come e defeca no mesmo tacho?

Achei graça da palavra "defeca" na boca do meu pai, rodeada de bigode e barba, mostrando um lábio vermelho espremido pelos dentes superiores ao pronunciar o "f". Quase começo a rir escandalosamente. Me atrevi:

— Papai, o senhor não me atinge porque está morto.

O velho tremeu. Saí às pressas me mijando na escadinha caracol até o sótão. O pânico recrudescido me impedia de respirar. Meu pai morreu cinco dias depois de ouvir minha voz pela primeira e última vez.

Sara disse:

— Não desça com seu irmão pro velório, venha sozinha.

Procurei meu irmão:

— Papai morreu.

— Sim... Sim... Che... la.

Desceu comigo até a casa das gentes. "Mmm... Mmm... Mmm...", chorava ele por seu progenitor. De repente, levantou seu cabeção e me olhou, notando que eu não me afligia. Então, pulou e deu cambalhotas, mijou no pé de uma cadeira. Sara quis caçá-lo e ele cuspiu nela. Mordeu uma senhora. Lula desmaiou e umas freirinhas a ajudaram. Consegui pegá-lo e, no meio da luta, o infeliz fez algo mais sólido que xixi.

Ah, como demos risada no sótão, ouvindo o rom-rom das orações pela possível alma do nosso pai!

O sr. Roux chegou com seu carro novo e fomos ao cemitério para passear.

Uma caravana de carroças puxadas por cavalos ia à nossa frente, além de alguns automóveis, e diante da comitiva, orgulhoso, solitário e sinistro como sempre, meu pai ia estendido no seu ataúde preto, no cortejo fúnebre de quatro cavalos pretos como os que levam o famoso viajante ao castelo de Drácula. Quando apareceu o páramo, me lembrei dos versos de Rimbaud:

> *Segue-se o caminho vermelho*
> *para chegar à estalagem vazia.*
> *O castelo está à venda;*
> *suas persianas, fechadas.*
> *Ao redor do páramo*
> *os alojamentos dos guardas*
> *encontram-se desabitados.*
> *As paliçadas são tão altas*

que só se veem os cimos sussurrantes.
Terá o padre levado as chaves de sua igreja?
De resto, não há nada para ver ali dentro.

O guarda e o padre abriram o panteão dos Stradolini de Caserta Salina, cuja veia etrusca os induzia a juntar gente imprestável.

O apartamento

Concluí as três matérias que faltavam. Fiz dezessete anos quando entrei para a Faculdade de Humanidades e Ciências da Educação. Inscrevi-me em filosofia. Procurei um apartamento para não ter que viajar e gostei de um perto do bosque. Iria compartilhá-lo com Clarisa Vieytes, estudante "crônica" que já morava ali.

A separação de Juan Sebastián me atormentava, Sara cuidaria dele, porque minha mãe, já liberada, resolveu retomar seus estudos de música na Belas-Artes.

Para fugir de Clarisa, que com excessiva assiduidade vinha ao meu quarto, comecei um curso de datilografia e taquigrafia. Eu faria anotações durante as aulas e as venderia para o Centro Estudantil, assim poderia abrir mão da mesada que minha mãe me dava.

Prestei os exames de novembro, dezembro e março; desejava me formar e cursar as matérias do doutorado. Em novembro, tirei A com louvor em sete matérias e meus colegas passaram a ser ex-colegas. Novamente me exilava. Percebi isso.

Nunca fui a nenhuma festa ou baile. Quanto ao cinema, ia quando tinha certeza de que o filme valia a pena. Nos exames de dezembro e março já me catalogaram de "monstro".

Conheci Carlitos Ringuelet, eminente estudante e poeta, com quem eu podia falar francês. Acho que, se tivesse tido tempo, teria me apaixonado, pois experimentava algo diferente ao lado do já bastante maduro e formoso galã, mas era casado e a coisa não foi longe.

Numa tarde quase bizantina em La Plata, densa de tílias e magnólias, nas provas de dezembro com pinheiros natalinos e frutas cristalizadas, Carlitos Ringuelet me disse: "Teus olhos andaram pelo Mediterrâneo".

Me olhei no espelho e não me desgostei.

Ele perguntou:

— Pra que você estuda tanto?

— Não me custa nada.

Ele era um "crônico" genial, que por sinal não cursava todos os períodos porque precisava do ar dos claustros, andar pelos pátios e corredores do prédio que eram a vida da sua vida.

Clarisa não perdia a chance de se enfiar no meu quarto. Eterna repetente que vivia "tomando bomba", ela havia fracassado em outros cursos e começara filosofia para não voltar à sua cidade.

— Por que insiste, se não gosta de estudar?

— Não quero voltar pra minha cidade.

Prudente, não perguntei mais. Ela se jogava na minha cama e fumava por um longo tempo. Chorosa e desamparada, tentou quebrar meu silêncio.

— Tem algo pra beber?

— Laranjada.

— Vamos pro meu quarto, que lá eu tenho de tudo.

Havia de tudo, menos livros. Serviu dois uísques.

— Clarisa, eu não bebo álcool.

— Não se preocupe, eu tomo os dois.

Clarisa tinha feito vinte e dois anos. Contei que iria trocar grego e latim por antropologia. Ela respondeu:

— Tanto faz, pra ir contigo eu também troco, afinal, comecei medicina e fui mal, depois direito e fui péssima, e agora em filosofia estou na merda.

Olhei para ela, agora com atenção, e estremeci. Era uma magnólia enorme, uma gigantesca flor impudica. Algo de natureza-morta, algo podre. Na verdade, a única coisa viva nela era sua cabeleira fria, porém latente como uma trama de algas marinhas que se enroscava em tudo: na maçaneta, na máquina de escrever, numa caneta-tinteiro, no botão de uma blusa alheia. Sua cabeleira, que a precedia e a seguia como asas de uma ave estranha. Eu tinha medo de me aproximar demais de Clarisa e de que aquela torrente de seda me afogasse em sua maré escura e úmida. Costumava prender meu cabelo num "rabo de cavalo".

— Deixe ele solto — disse ela, puxando a ponta do laço.

Notei a diferença, me dei conta de que deveria pelo menos cortar as pontas duplas.

Clarisa continuou como se lesse meu pensamento:

— Vou te cortar as pontas.

Trouxe do seu quarto um óleo e as tesouras e, enquanto punha mãos à obra, perguntou:

— O que vai fazer hoje à noite?

— Estudar.

— Está louca? Vamos ao cinema.

Voltei ao meu quarto, estudei e repassei até as duas da manhã. Clarisa bateu na porta.

— Andei por aí, me cansei e vim estudar contigo.

Notei que estava desorientada, muito estranha. Perguntei:

— Vai cursar introdução?

Tentou me distrair:

— *Che*, o que é isso?

— Um vaso chinês, não está vendo?

Acrescentei irritadíssima:

— Não me faça perder tempo, preste atenção ou vá embora.

Foi embora como um pássaro ferido na asa.

Durante uma semana, consegui evitá-la. Eu a via na aula de introdução à filosofia, sorrindo bobamente para mim da sua carteira. Sempre consegui despistá-la com algum pretexto.

Eu tentava falar com o professor Coriolano Alberini; sempre conseguiu me evitar, capengando entre as duas muletas. Me sentia mal quando isso acontecia. Talvez, em outro nível, fosse esse o caso de Clarisa?

Tirei A com louvor em três matérias.

Clarisa sorria e reprovava, já não era um pássaro ferido, mas um pássaro agonizante.

Ela me alcançou na rua 47 e me implorou que a ajudasse a estudar para psicologia; ajudei e ela passou.

Exultava de alegria e me deu pena. Aquela estúpida mexia com algum sentimento dentro de mim.

Ela disse:

— Nunca pude entender psicologia e você me explicou tudo.

Agarrou minha cabeça e me beijou na boca. Confusa com os cheiros de tabaco e scotch, senti uma enorme vergonha. Sem delonga, me convidou ao cinema e para jantar, também resolveu estudar estética comigo. Acho que por algumas horas ela teve a certeza de ter me dominado.

Aceitei o tema estética. O professor Guerrero era um obstáculo intransponível para alunos medíocres, e estética causava pânico. Clarisa jamais poderia superar o obstáculo que incluía interpretação de textos como o *Laocoonte* de Gotthold Ephraim Lessing; mesmo assim, eu faria o teste para instigar suas respostas.

— Escute — falei —, "Laocoonte sofre como o Filoctetes de Sófocles"; isso significa que a serenidade grega é contrária ao pranto e ao grito de dor.

Por não encontrar nem palavra nem expressão como resposta, montei um teatro grego, com mímicas sereníssimas e outras escandalosas jogando cinzas na cabeça. Silêncio de Clarisa.

Insisti:

— Só os gregos mantêm uma atitude digna, e, se sofrem, não choram aos gritos. Os troianos xingam e berram, são semente de barbárie.

Ela começou a soluçar:

— Desculpe, me emocionei.

— Piegas e bocó.

Na *Ilíada*, mostrei a ela a ilustração do pobre Laocoonte e seus infelizes filhinhos.

— Vamos trabalhar sobre diferentes níveis de paixão.

Não pescou nem captou, ignorou. Na minha imaginação, com lenhas de pinheiro, iluminei-a.

Pensei: "Ah, se eu pudesse ressuscitá-la, fazê-la crepitar como Meléagro, ver que a chama devora suas entranhas, derreter esse manequim de cera, fazer brotar esse galho podre que já vai cair, esse fruto que já vai despencar".

Perguntei:

— Acha que o poema é anterior à escultura?

Ela respondeu, como quem volta da penumbra lilás dos defuntos:

— Sim... Sim... Che... la...

Dissimulei minha angústia:

— Clarisa, você vai ter que estudar sozinha.

Ela sussurrou:

"Mmm... Mmm... Mmm..."

Quem estava no meu quarto pondo palavras e sussurros conhecidos apenas por mim naquela boca exangue?

Li versos do *Laocoonte*:

Exposto às injúrias
de um céu rigoroso,
ali está abandonado,
privado de toda esperança.
Nenhum amigo, nenhum
companheiro de infortúnio.
Ninguém que possa acalmar
sua dor e fazer parte
de sua desventura.

Apareceu de novo, a bocó:

— Chela, vou te dar cosméticos pra que fique bonita... Você não me entende...

Quase lhe dei um safanão enquanto ela chorava como os dois filhinhos de Laocoonte em uníssono.

Ela se jogou no chão, soluçando:

— Ninguém me entende.

Aquilo me amoleceu, porque ninguém me entende também. Aquilo a encorajou. E alguma coisa começou a rastejar no meio das minhas pernas. Ah, sim, era a mão de Clarisa. Compreendi.

Dei um chute na fuça dela, e com minha força animal renascida e multiplicada, joguei-a no quintalzinho.

Gemia:

— Sim... Sim... Sim... Che... la.

Pensei:

"Amanhã irei pra estância."

Revelação

Viajei para a estância. Eu usava um terninho creme, blusa vermelha de seda, sapatos de salto não muito alto e havia cortado o cabelo à la *garçonne*. Notei que me observavam. Contemplei a paisagem sob o sol que dissipava a neblina; nos telhados, resvalavam lágrimas de cristal. Como sempre, entrei pela porta de serviço e subi a escadinha caracol rumo ao sótão.

Gritei:

— Juan Sebastián.

Gritou:

— Sim... Sim... Sim... Che... la.

Com um ganido de cachorrinho reencontrado, ele pulou no meu pescoço. Tinha feito dez anos sem crescer um centímetro. Abri pacotes de presentes: bolinhas de gude "olho de gato", uma bola vermelha, chocolates e balas. Ele me ofereceu a primeira e enfiou duas juntas na boca. Estava muito magrinho, muito sujo. Quando Sara entrou, cuspiu nela entre as duas balas.

— Você voltou, senhorita.

— Parece que sim.

— Vou avisar a senhora.

Ouvi o piano da minha mãe: estaria ensaiando ou estudando? O que era aquilo, Bach ou um simples exercício? Horrível. Então nós, as duas aberrações, saímos para o campo. Fugindo, acabamos no antigo pátio vermelho onde Juan Sebastián insistia em me levar como se quisesse me revelar algo. Tirou a lajota do buraco do achado, enfiou a mão, o braço até o cotovelo, e exumou outro anãozinho. Ele o encontrara sozinho e o escondera de novo até eu voltar. Na solitária propriedade, éramos dois defuntos vagando no panteão familiar de fuste etrusco. Juan Sebastián tocava o cabeção do boneco e depois fazia o mesmo com seu cabeção: reconhecia alguma semente pervertida. Indubitavelmente, éramos dois errantes mortos em nosso sepulcro. Inocentes, carregávamos culpas alheias? Isso eu iria descobrir.

Ouvimos o grito e o galope:

— Olá... looooucos.

Respondi:

— Louca é a puta que te pariu.

Era Arnaldo, o primo que já chamavam de dom Arnaldo.

— Por que xingar, desgraçado?

— Olá, degenerados. Deixa eu ver o que você tem na mão!

Arrancou a estatueta da mão do meu irmãozinho.

— Vamos apostar a prenda no carrossel.

Ele girava ao nosso redor a cavalo e nós pulávamos como idiotas tentando pegar o objeto dele. Juan Sebastián chorava desesperado. Joguei uma pedra no meu primo e ele enrolou meu braço com o chicote. Meu irmãozinho ofegava e tossia. Peguei-o no colo e segui o rastro do pangaré, que terminou na entrada principal. O animal estava amarrado num tronco.

Sentada ao piano, sem se virar, minha mãe perguntou:

— Como vai, Chela?

Continuou teclando, na mesma posição:

— O sr. Roux contou maravilhas de você.

A viuvez caía bem em mamãe, estava lindíssima. Minha avó abominável estava ali, exibindo o sapato ortopédico debaixo da saia preta:

— Sabia que sua mãe vai fazer um concerto?

Soltei minha antiga gargalhada.

Minha avó abominável disse:

— Não seja imbecil, está rindo de quê?

Meu irmãozinho pulava como um bobo da corte.

Arnaldo interveio:

— São dois degenerados.

Colocou nosso achado em cima do piano.

— É nosso, pegamos da antiga La Angelina.

Arnaldo disse:

— Que caras de pau, por onde terão andado esses caras de pau?

Jurei:

— Um dia eu te mato.

De um pulo, Juan Sebastián se apoderou da estatueta.

A avó abominável suspirou:

— Ai, María Salomé... acabou-se a paz, Deus queira que seu segundo casamento seja mais feliz que o primeiro.

Deduzi que aos quarenta anos minha mãe estava noiva e senti pena. Para me recompensar por toda aquela bobagem, arranquei o chicote do meu primo e o deixei roxo de bordoadas até amortecer minha mão, meu braço e até o cotovelo.

— A cútis! — vovó gritava.

— Mariquinha! Essa porca velha sempre passa creminho de Paris em você?

— A desgraça voltou — mamãe gemia.

Fugimos para o sótão. Juan Sebastián dormia, exausto da batalha travada na casa das gentes.

Sara me contou:

— O senhor francês vem visitar sua mãe e tomar o chá com ela, sua avó, o sr. Arnaldo e a srta. Camelia.

Uma dúvida me assaltou. Não falei nada. Ouvi o piano. Como uma garotinha principiante, minha mãe executava qualquer compositor. Que alvoroço adolescente reinava no salão! O piano era interrompido entre duas escalas, dando lugar às risadinhas dos dois.

Espiei, como de costume.

O salão estava iluminado por velas dos candelabros florentinos, e nas áreas mais escuras os maduros gracejavam. O sr. Roux era o Gigante Amapolas.* Excitado como um moleque, perseguia minha mãe; um sapato dela caiu e os dois rolaram no tapete. Debatiam-se em jogos amorosos sem chegar a nada muito profundo. Lembrei-me do meu pai e me engasguei com a risada, porque, sem querer, fui eu que apresentei o autor dos seus chifres.

— Não vá faltar ao meu concerto.

— Não, claro que não.

Colarzinho de beijos barbudos no pescoço da minha mãe. Que nojo.

— Cosquinha não...

— Cosquinha sim...

Precisei correr para não explodir ali mesmo. Sara subiu levando uma bandeja com um pouco de comida para nós.

Perguntou:

— Senhorita, você desceu agora há pouco?

— Sim.

Acendi um cigarro e esperei, ela estava nervosa e continuaria perguntando.

---

* Personagem criado por Juan Bautista Alberdi (1810-1884) como uma sátira política aos tiranos argentinos.

— Viu alguma coisa?

— Quer saber se vi os gerontes?

Não entendeu nada e saiu. Pegamos a bandeja e a jogamos para cima, ela salpicou o teto e se espatifou no chão. Rolamos naquele líquido, naquela banha, assim como mamãe e Roux no tapete do salão.

Juan Sebastián carimbou a torta inglesa na porta e afundou parte da sobremesa na fuça do sr. Roux, que se atreveu a subir.

— Chela, devo lhe informar algo muito delicado e grato pra mim, espero que seja pra você também.

— Já estou sabendo.

Confuso, ele era um balão que se esvaziava. Meu afeto antigo havia se evaporado e decidi, se me fosse possível, meter medo no barbudo.

— Sr. Roux, não está vendo algo parecido com um fantasma ao lado da harpa?

— Não, nada.

— É uma mulher, a alma de Madelaine Fornier. Acaba de me dizer que este é seu nome, "Madelaine Fornier".

— Chela, pare de brincadeira, o nome de minha falecida esposa era Madelaine Fornier.

Não se deve brincar com certas coisas. Uma figulina muito lisa, de pura seda, flutuou em direção ao sr. Roux. Meu irmão pronunciou suas duas palavras, dessa vez com devoção. O xale deslizou quando tangeu o instrumento.

"Perdão, Madelaine", soluçava Roux, ajoelhado. Fugiu pela porta de serviço e nunca mais voltou.

De um só golpe, destruí a segunda juventude de mamãe, talvez a única.

A estirpe

Voltei a La Plata para pagar as taxas da universidade. Passando por uma loja de animais, comprei uma tartaruguinha e fiz um furinho na sua carapaça, por onde passei uma correntinha de prata. Dei-a a Juan Sebastián. Nós a batizamos de Bertha.

Começavam minhas aulas de antropologia. Subi a escada de pedra entre os dois tigres de dentes de sabre e, atrás do busto do perito Moreno, meu achado foi um mural com motivos antediluvianos; a princípio não entendi por que estes versos de Rimbaud invadiram minha alma:

Sussurravam flores mágicas
acalentadas pelas encostas.
Desfilavam animais
de uma elegância fabulosa.

Mais tarde descobri o porquê da minha alma invadida, quando entendi que o poeta deve ter existido num tempo anterior ao Tempo. Fiquei ali um instante, enfiando uma das mãos, um braço e até o cotovelo imaginários, mas tão reais como os que me ajudaram a exumar as estatuetas. Depois veio aquela primeira aula do professor Cristofredo Jacob no anfiteatro.

O professor carregava um banquinho por toda parte, porque gostava de se sentar e ao mesmo tempo ir de um lado a outro; na realidade, caminhava sentado. Tema: idades da pré-história. Material: diapositivos que ele projetava sobre uma tela e uma ponteira marcadora.

Me entretive olhando as mãos dos sáurios, tão bem-feitas, e a mão do professor, na qual faltavam três dedos. Ele mesmo os amputou quando se feriu com um osso, fazendo pesquisas na Patagônia. De medo da cadaverina. Na tela eram projetadas paisagens antediluvianas. Depois passaram as calotas. Primeiro, do triste Pitecantropo. Segundo, do dinâmico Neandertal. Terceiro, do avô Cro-Magnon. E as janelas do anfiteatro do Museu de La Plata mesclavam azuis-esverdeados e liláceos. Os aromas do bosque platense penetravam quase líquidos pelas frestas das molduras antigas, pelos espaços chumbados dos vitrais instalados pelos fundadores. Eram figuras de Ingres. Jacob nos impelia a esmiuçar um passado possível, delicado e monstruoso.

Era difícil integrar o círculo de Jacob, só os mais competentes permaneciam ali. Ele gostou de mim, me recebia em seu gabinete.

Entre a papelada deste sótão, aparecem vestígios daquela estudantina que eu encarnava entre as aulas do museu, as de humanidades e as viagens até a estância. Foi a melhor época da minha vida, especialmente porque, quando batia na porta da sala do professor, que ficava no mesmo prédio do museu, uma água-furtada onde reinava uma ordem caótica ou vice-versa, eu era recebida pelo sábio solitário que já me contabilizava entre a parentela escolhida pessoalmente por ele. Livros, calhamaços, papéis, papeluchos, ossos e pedras, fotos e filmes e alguma flor colocada na água clara de um vaso. Quando ele me contou seu acidente patagônico, acrescentou: "*Nena* (chamava seus discípulos diletos de *nena* ou *nene*),* sempre devemos agir conforme as exigências do momento, ou podemos perder até a vida".

Numa tarde muito especial, confessei a ele que gostaria de tê-lo tido como pai.

"Você não precisa disso, está naturalmente equipada pra se virar sozinha. Mas deve pisar em terreno firme, do contrário, qualquer empurrãozinho mal-intencionado poderá fazê-la perder o equilíbrio. Não busque o amor, e se o desamor rondar, não permita que derrube, que desbanque você. Lute por si própria."

Naquela tarde eu queria lhe perguntar algo, mas ele continuava pontificando: "Tudo é importante, até um inseto, pois está cheio de vitalidade. Sabe quem irá morrer se continuar fazendo besteira? O humano que consome e destrói tudo aquilo que se move, e devora a vitalidade do universo até o ponto em que morrerá de inanição quando nada mais se mover à sua volta. Pra não precisar de nada nem de ninguém, é preciso respeitar a vida".

— Sim... Sim...

— O que você veio me perguntar?

— Sobre isso.

Mostrei a ele a estatueta. Temi que zombasse de uma possível quinquilharia.

— Deixe eu ver esse brinquedinho.

Arranhou com um canivete a superfície de vidro e terracota.

— *Nena*, isso não é um brinquedinho, é uma miniatura copiada de um camafeu, ou uma reprodução tardia de um conjunto maior. Meu Deus, as meninas me lembram dona Agustina Sarmiento e dona Isabel de Velazco, essa aqui parece María Bártola, e os meninos, Nicolasito Petusato e Nicolás Hobson.

* Na gíria argentina, garota e garoto, respectivamente.

Em seguida, corrigiu:

— Não, as meninas são parecidas com María Bártola. Porque María Agustina e Isabel não eram feias. De onde você tirou isso?

— De La Angelina.

— Isso é italiano e muito antigo.

Indicou-me o endereço de um antiquário alemão.

Perguntei:

— Os anões podem ser consequência do *Treponema pallidum*?

— É possível.

— Da consanguinidade?

— É possível.

— Da rubéola?

— É possível.

O professor ignorava a existência de um anão em minha casa, e também os rios de sangue incestuoso que me afogavam, e também a sífilis que meu avô pegou em Paris. Ignorava minhas rubéolas. Inclusive, ignorando que eu pudesse ser judia convertida ou descendente de sefarditas, ostentou seu estandarte ariano:

— Por exemplo, os semitas serão exterminados por obra do sangue repetido cansado de transvasar de uma geração a outra por séculos e séculos; seus indivíduos já são fracos, deficientes, degenerados. Os sifilíticos são sórdidos, e embora os tratamentos às vezes sejam eficazes, a cura definitiva, pra mim, é impossível, e eles deveriam ser castrados.

Enumerou uma caterva de casos. Num deles, se a grávida contrair rubéola aos três meses, deverá abortar.

Falou bastante sobre procedimentos da sua época alemã:

— Nós, arianos, iremos às estrelas de onde descemos pra cair às estepes e avançar sobre a Europa. Voltaremos ao céu como anjos em carruagens de fogo, porque cuidamos dos flagelos e amputamos o que foi necessário.

Interpôs aquela mão entre os olhos e a luz. Sussurrou: "Mmm... Mmm... partiremos em naves espaciais". O lampião a óleo iluminou as manchas do velho terno de Jacob, o emaranhado peludíssimo de sua cabeça e da cara. Sua voz trovejou e temi que as iguanas despertassem de sua letargia. "Vocês vão ver."

Ele disse:

— Eu te acompanho.

— Onde o senhor mora, professor?

Eu era uma gata muito ágil, ele ofegava ao meu lado.

— Onde o senhor mora, professor? — insisti.

— Na catacumba, como os mortos.

— Sim... Sim... — (O contágio de Juan Sebastián.)

— Como você vai sofrer, *nena*! Mas não mude, e não procure a felicidade, que ela não existe pra gente como nós. Não se corrompa nem permita que os corrompidos te maculem.

No limite do bosque, onde começa o macadame, nos despedimos. Ele se embrenhou na fronde de altos eucaliptos rumo à sua água-furtada.

O camafeu

Fui a Buenos Aires para entrevistar o antiquário. O antiquário jantava *tortitas negras* em cima de um papel e tomava café numa esplêndida xicrinha de porcelana. De tanto em tanto, contemplava o objeto. Tudo transcorria numa torre gótica, sótão portenho de antiga data.

Como se pedisse desculpas:

— Sou de comer pouco, essa é minha única refeição. Bah, já estou velho.

Velhos os rodapés, as vigas, as paredes, as coisas, o colchão de palha onde o antiquário dormia.

Falei:

— Está tudo muito bem.

Indicou:

— Olhe ali enquanto examino seu achado.

Apontou para o zootrópio, no meio do habitáculo, moldado em forma de taça, sustentado por um pé em estilo mudéjar sobre o carpete de veludo vermelho. Fui até a taça, girei o círculo móvel sobre o eixo e espiei pelas frestas simétricas. Lá, no fundo, dançavam animais da selva e do bosque, dos rios e dos mares na ambígua neblina. Aquilo teria inspirado Rimbaud quando escreveu:

Longe dos pássaros,
dos rebanhos,
das aldeãs,
eu bebia,
acocorado
nalguma moita
rodeada de ternos
bosques de aveleiras,
numa tarde de neblina
ambígua e verde.

O antiquário disse:

— Está pensando em Rimbaud?

— O senhor lê pensamentos?

— Seu pensamento é meu pensamento, não existe pensamento alheio.

Era um sujeito ogival. Sua magreza evidente refletia a lua de Veneza, meio clara, meio escura, totalmente misteriosa. Para mim, ele parecia uma enguia com braços e pernas em cuja mão minha estatueta abria um buraco na água pelo qual eu espiaria aquilo que ansiava e temia. Ele sentiu o mesmo que eu e ofereceu, compadecido: "Olhe os relógios e instrumentos, sou relojoeiro e músico".

De repente:

— Menina, descobri uma data: 1848. Descobri uma gravura de harpa eólica... Essa família era original da Sicília, não são camponeses nem gente comum porque aqui está a flor de lis, que é a heráldica do lírio, e um selo minúsculo onde leio "Condestáveis de Caserta".

Em alguns incunábulos, comparou: "Essa família viveu na Sicília, na época dos Bourbon, quando o Reino das Duas Sicílias era dominado por Alfonso, conde de Caserta".

Apontou para o casal:

— O senhor é o condestável, sua dama é a condestablessa, os anões não são bufões, mas a prole ordinária do desditoso casal.

Não falei uma palavra, pois uma tristeza imensa escureceu minha alma. O sábio antiquário dedilhou uma harpa para afiná-la. Pelo encordoamento passava sua pátria, Alemanha, e a melodia destilava gelo e neve, que salpicaram os vasos de Nuremberg, as tampas cinzeladas dos cântaros, os medalhões de madeira do século 16, e transbordaram a louça de um batistério.

A lembrança do meu irmãozinho quebrou o encanto, e saí para a rua. Interrompi meus estudos para cuidar dele. Morreu um ano depois. Eu o perdi. Antes, me devolveu as duas palavras que lhe dei. Junto com Juan Sebastián, sepultei minha infância e boa parte da minha adolescência.

Resolvi simplesmente deixar a vida me levar.

Planos interrompidos

Adotei Bertha e a levava pendurada na correntinha de prata como um medalhão. Aluguei um apartamento próximo à Faculdade de Humanidades e me mudei com Bertha.

Aos vinte anos, terminei meus estudos universitários. Pensei em não voltar à estância. Não queria dar aulas nas escolas normais nem no Colégio Nacional; me ofereceram algumas horas no liceu, mas não aceitei. Tentaria, na medida do possível, não contrair compromissos nem relacionamentos, evitaria travar amizades. Fazia traduções do francês para uma editora e preparava alunos ouvintes e repetentes. Com meu sonho de viajar à Europa frustrado por causa da guerra, iria para o Chile, a ilha de Páscoa era minha meta.

Mas dei com os burros n'água.

Mamãe ficou doente e me requisitava. Tiritando debaixo do meu casaco de pele de potro, cheguei à estância. O inverno gelava a casa com um lençol de geada, as árvores devastadas pareciam esqueletos suplicantes; de algum lugar do telhado, piava um filhote. Minha mãe era um pedaço da paisagem arrasada pelo furacão.

À sua volta estavam minha avó abominável, Arnaldo e Camelia. Lula ainda não havia sido convocada. Ariel rezava. Ela estava morrendo e eu não sentia nada. O aquecedor ronronava.

Alguém tirou um ramalhete de flores murchas de um vaso. Uma presença visível apenas para mim levou minha mãe embora, mas antes conversamos.

— Filhinha.

Como ambas teríamos ganhado se ela me chamasse assim, muito antes.

Disse:

— Filhinha, Chela, estou indo embora.

Não sei por que eu disse:

— Sim... Sim... Che... la.

— Quero te pedir algo em particular.

Os outros saíram, então minha mãe pediu:

— Mande cremar meus restos mortais, porque tenho medo dos vermes, sempre tive nojo e pavor dos vermes. Renovei meu título no cemitério da Chacarita de dois em dois anos, está tudo em dia e certificado. Garanta que meu desejo seja cumprido.

Quando velavam mamãe, Lula chegou. Fez cara feia quando lhe informei o último desejo de nossa mãe. Entendi que o assunto não seria nada fácil. Embora minha avó e Arnaldo me apoiassem, Lula e o grupo de freiras que a acompanhavam, depois de fazerem o sinal da cruz, ameaçaram ir à cúria e ao Vaticano, se fosse necessário. Minha mãe ignorava que bastava um membro da família se opor para que a cremação não acontecesse. Eu entraria com um processo.

Cumpriria com a morta e irritaria Lula.

E os dias passavam.

Por enquanto, o caixão da minha mãe ficaria na capela, não no mausoléu da família como queria Lula. Na capela havia outros caixões. Quando puseram minha mãe no seu, eu não estava lá. E quando fui numa tarde, não sabia qual era o caixão dela, de tão bem cuidados e lustrosos que estavam todos. Qual seria? Eu estava jogando uma macabra partida de xadrez: qual deles mover?

Bah... Eu estava de saco cheio. Iria perder o caso.

Mas, quando eu menos esperava, Lula me telefonou.

Durante um breve diálogo, propôs a partilha de bens e a tramitação da venda de suas terras. Escolheu para ela as terras férteis — assim não entraria na Justiça —, deixando para mim as terras secas para cultivar súcubos, íncubos e duendes verdes. Ariel me ajudou com a burocracia.

De volta à capela, perguntei a Ariel:

— Qual é o caixão de minha mãe?

— Chela... Estou em dúvida...

Ao redor de um santo, seis caixões pareciam amontoados.

— Será este?

— É possível.

Para piorar a solidão, só me faltava ter de brincar com os badulaques da morte.

— Tem que abrir?

— Tem que abrir.

Quinze dias depois de seu falecimento, eu a vi novamente. Estavam presentes Ariel e os responsáveis por transportá-la a Chacarita. Lembrei-me das imagens medievais de *O triunfo da morte* e uma ternura até então desconhecida pela minha mãe passou roçando minha pele esquivamente. Não chorei. Abandonei-a às chamas purificadoras. Era uma tarde feia de agosto de 1941.

E de repente eu estava na minha infância dos quatro anos, na menininha vestida de organdi na sala escura do fotógrafo. Pelo caminho de pedrinhas do cemitério, meti meus sapatos nas poças formadas pela chuva que fazia buracos na areia. Ouvi "Cataplasma" e entendi que mamãe morreu para mim muito antes, num dia distante de 1925.

O guardanapo

Experimentei o desejo de chupar um sorvete de morango, tão lancinante que me deu dor de estômago e secura na garganta. Nessas condições, cheguei a La Plata. Peguei um táxi até a confeitaria de outrora.

Guardo entre meus documentos dois guardanapos manchados de vermelho-morango. Já na confeitaria La Perla, sento na cadeira de então e peço um sorvete de morango. Meus brônquios ronronam.

— Sorvete com esse frio?

O homem senta na cadeira da minha mãe daquele dia já distante. E eu sei que estou enrascada porque preciso desabafar com alguém. Conto a ele o triste episódio que acabo de protagonizar, ele sorri, é médico e já viu muita coisa assim e pior. Bebe vinho do Porto, depois de provar o sorvete e usar meu guardanapo.

Para sermos amenos, falamos de filmes, de Chaplin, ele gosta de *Luzes da cidade*, pergunta ao garçom se tem o disco da canção "La violetera". Eu sei que tem. E a música açucarada sobe e adoça como uma inocente abelha confusa que quer libar nas flores decadentes do teto barroco da confeitaria. Nos apresentamos. Ambos somos de La Plata.

Ele conhece algo da minha incipiente produção literária, porque a cidade ainda é um lugar para saber com quem se está falando.

— É um luxo estar com você.

Percebo um quê de ironia.

— Meu filho mais velho tem a sua idade.

Percebo um quê de angústia. E percebo que esse homem será definitivo na minha vida.

Gostaria de chorar na lapela dele. Me contenho.

Deveria ter chorado, como muitas, como quase todas, assim não estaria tão só e guardando uma única clareza: a do dia 21 de setembro de 1941.

A luz do rio da Prata, o único encontro com Luis em seu carro. Nunca mais houve outra luz. O sol primaveral batia em cheio e as crianças jogavam bola:

— Só por um milagre vão dormir hoje — disse Luis.

Luis fumava. Eu me incrustava ao seu lado como um crustáceo. Sempre fui meio bocó, meio desajeitada deslizando ao longo da sua estatura com umidade de lágrima e muco, talvez — agora eu sei — nauseando o sujeito maduro que me despertou e suportou meus primeiros humores amorosos. Naquele tempo eu só insistia em me amalgamar e ser uma peça única com o corpo daquele homem tão indiferente. Um desesperado desejo de posse me domina, paro de raciocinar e é um exercício perigoso e cruel, pois avanço tropeçando num terreno desconhecido, o do amor, que irá me queimar.

De uma dentada, arranco um pedaço de sua lapela e o mastigo.

"O que está fazendo, doidinha?", ele entende que desejo comê-lo.

Engulo os néctares de seu contato. Um modo de incorporá-lo. Mordi os lábios dele. Mordi-o tanto. Existo numa esfera estreante de amar, imensa desgraça, orgasmo impiedoso para alguém que nunca sequer foi beijada. Se pudesse devorá-lo, eu o integraria às minhas entranhas e acabaria com suas obrigações de marido e de pai, de funcionário público, de ser social. Não deixaria nenhum rastro do amado para ninguém.

Para ninguém.

E o infeliz recebe essas carícias reprimidas durante vinte anos, unguladas, ríspidas: "Você é um animalzinho incrível", grunhe.

Hoje, relativizo. Ele era um homem comum e eu, sua louca apaixonada. Uma dupla ímpar. Parelha impossível. Então eu percorria seu longo território adorado como um cego percorre o texto em braile, sem deixar nenhum canto inédito, procurando o estímulo, a veia, o poro mais ínfimo que obrigasse ao êxtase total e irrepetível. Não queria mais estar só, não queria ser o animal solitário de La Angelina e preferia ser uma fera apaixonada e cega procurando os olhos do amor para poder ver.

Ele diz:

— Você é o que me faltava.

Em sua longa existência de mulherengo, nunca teve algo assim. Nem terá, se sobreviver.

Eu digo:

— Não quero dividir você.

— Pra onde eu iria assim?

Não estava apresentável. Moro num apartamento ao rés da rua. Vulgar. Às vezes me irrito por isso.

— Fique a noite inteira.

Ele não pode. É disputado pelo seu pessoal, pelos seus compromissos e reuniões do Jóquei Clube. Começa a se arrumar em frente ao espelho e eu volto a amassá-lo. O frio de antes, o frio de sempre que apresa quando ele vai embora porque é um cidadão comum, um homem da sociedade, um entre tantos, e é difícil pensar por que o amo tão fervorosamente.

— Você se divorciaria?

— Chela, são vinte e quatro anos de casamento.

— Amanhã viajo pra estância.

Teve medo de me perder. Desferi um golpe baixo:

— Mesmo que nunca mais te veja, você sempre será meu grande amor.

Parecia um adolescente repreendido:

— Chela, eu nunca amei ninguém como você.

Vovó havia se instalado na estância. Arnaldo bancava o estanceiro. Sara parecia uma árvore doente. Ariel estava bastante bem conservado.

Ariel me contou:

— Seu primo anda namorando.

— E o que mais ele anda fazendo?

— Administra a estância e namora a caçula do Jacinto Gay.

Uma garota coberta de ouro, filha de uma das Mendizábal.

A dentadura da velha do trem me mordeu, mordida inflamada.

Ariel riu:

— Seu primo vai ajudá-los a gastar apostando em La Plata e em San Isidro.

O degenerado apostava em qualquer coisa que se mexesse.

— Quando se casar, espero que se mande junto com a avó abominável.

— Ele quer comprar uns lotes de você.

— Que esperto.

Naquele mesmo dia, diante de um escrivão público, nomeei Ariel meu procurador.

Para comemorar, de noite, bebemos Lágrimas de Cristo na sacristia, brindando em magníficas taças de Murano.

— Sabe, Ariel, tenho um amante.

Ele se engasgou com o gole e tossiu.

— Por que não se casam, minha filha?

— Porque ele já é casado, padre.

— Minha filha, que Deus me perdoe, mas ele precisa se divorciar.

— Faz vinte e quatro anos que é casado.

— Largue esse homem, tenha piedade de sua alma.

— Estou apaixonada, Ariel, louca até a medula.

— Apaixonada... Como será esse homem?

— Como todos.

Não, ele não pode ser como todos. O casarão vazio uivou. Os vidros refletiram espectros humanos e humanoides. Os tapetes cobriram-se de poeira que um espírito andarilho manchou com pés disformes e enlameados. Ariel parecia muito velho.

— Case com um rapaz forte, com alguém estudado, inteligente, ou com um português rico, e traga uma tropa de crianças pra La Angelina.

— Uma tropa de anões cabeçudos.

O bom padre ficou tenso, mas logo depois rimos como loucos.

— Priminha querida...

Era Arnaldo. Pensei em erradicá-lo junto com a avó abominável.

Continuou fingindo:

— *Che*, conseguiu falar com...

— Pra quê? Pra me atropelar com o pangaré?

— Como você é rancorosa.

E a sacristia se encheu de infames: chegou a avó apoiada em sua bengala de cana-da-índia; debaixo da anágua, via-se um horroroso sapatão ortopédico. Chegou Sara, negra e envelhecida.

A estância era um panteão. Saí para o campo com Ariel. O sol gloriava nos penachos azuis dos cardos. Pólenes acres e doces viajavam nas antenas dos insetos e uma aura de beatitude obrigava a calar, e, embora não falássemos, pensamentos afins nos assolavam. Nas janelas das estufas, o orvalho deslizava como um pranto de vidro. Ariel auscultava seu interior devoto. Eu invocava meus duendes, Bertoldo e Juan Sebastián. Chegamos à casa principal. Ali estava o pátio de lajotas vermelhas com o buraco do achado.

Após a partilha de bens, pertenciam a mim os lotes secos da estância até a antiga La Angelina. À minha irmã, os lotes arrendados aos portugueses, terra fértil para granja e horta.

Pensei que minhas terras eram de saudade e de nunca mais. Entre as ruínas, acendemos cigarros. Joguei uma pedra ao vento sul, que acertou cilícios e alvenarias daquele lugar execrável.

Ouvi: "Hu... Hu... Hu...".

Ouvi: "Sim... Sim... Che... la".

Estávamos no último reduto da estância, onde meus fantasmas me esperavam. Entoei uma cantiga arcaica com minha voz rouca, e truques do sol pintaram *goyescas* nas mandíbulas do páramo.

Naquela noite, viajei a La Plata. No meu apartamento, vi uma luz se infiltrar por baixo da porta. Lembrei que Luis tinha a chave. E ali estava ele, me esperando como um adolescente, alimentando Bertha com uma alface. Aquilo me causou graça e me despertou ternura.

Ele disse:

— Vamos ao cinema, está passando um filme da Greta Garbo.

— Tomo um banho e saímos.

Oh, sim, *A dama das camélias* vergava como um bambu doente. Uma chuva com neve caía sobre Paris e caiu também sobre minha alma junto com uma angústia insofrível. Já na confeitaria, a mesma de antes e de sempre, retomamos uma conversa insignificante para eludir algo mais sério.

A canção da moda inundava o ambiente ingênuo e barroco, uma musiquinha estúpida que penetrou nos meus brônquios e me obrigou a tossir.

Cuando se quiere de veras,
como te quiero yo a ti,
es imposible, mi cielo,
*tan separados vivir.**

As lágrimas queimavam meu pescoço. Esbravejei:

— Virei uma cafonice ambulante.

— Você é uma garotinha.

— Não me faça chorar mais.

— Vamos embora...

No meu apartamento, nos cansamos de amar como dois desgraçados.

Perguntei:

— Você se divorciaria?

— Espere um pouco, tenha paciência comigo. — Parecia um menino. — Não poderei viver sem você, Chela.

— Sua mulher sabe?

— E o que é que não se sabe em La Plata?

Mordeu o polegar da mão direita, na qual segurava o cigarro, e contou uma história que incluía sua mulher, prima do governador, e uma possível promoção que dependia daquela influência. Ele tinha que se comportar. Um divórcio, agora, varreria suas aspirações como poeira com vassoura molhada.

Eu me senti suja. Precisei de um banho quente e muito sabonete. Pensei em María Assuri, porque, se ela estivesse ali como quando eu era criança, como me ensaboaria bem, em extensão e em profundidade, e me enxaguaria. Fechei a porta do banheiro com um chute e entrei no chuveiro.

---

* "Quando se ama de verdade,/ como eu amo você,/ é impossível, meu bem,/ tão separados viver." Bolero de Gonzalo Roig imortalizado nas vozes de Libertad Lamarque e Julio Iglesias.

Ele gritou:

— Quando te vejo?

Respondi sem ânimo:

— Amanhã almoço no mesmo lugar.

Achei conveniente não me encontrar mais com Luis.

No restaurante, me instalei num canto afastado com Bertha no bolso. Pedi uma chuleta e uma alface. Enquanto isso, lia Proust: "Nada dura, nem mesmo a morte".

Sorriria para Luis quando ele chegasse. Ouvi o cumprimento de alguém: "Bom dia, doutor, como vão vocês?". Logo depois, a mão suave do amado pousou no meu ombro e ouvi, espantada: "Quero te apresentar minha mulher". Acho que estendi a mão a ela como debaixo de uma água turva e insalubre. Com horror, vi que Luis aproximou duas cadeiras à minha, pois havia decidido que almoçaríamos juntos.

Não sei de que falaram, porque me enfiei na minha carapaça ou na de Bertha.

Nunca pude lembrar nada do encontro tenebroso que serviria para pôr fim nos boatos platenses. A cada minuto eu pensava em como escapar, mas como eu já era um ser sociável, aguentei até a sobremesa, saí com o casal até a calçada, mas não aceitei carona. Fui embora feito um cachorro com uma lata amarrada no rabo. Tranquei o apartamento e voltei para a estância.

Decidi viajar. Iria para o Chile. De modo que, em meados de 1943, como um dente cariado que teve o orifício torturado com chumbo fervente, com dor nos ossos de todo o meu esqueleto, caí na superfície bruta de Santiago.

Eu estava doente, com bronquite e ansiedade. Tomava soníferos e calmantes, ingeria comprimidos com bastante assiduidade, embora acreditasse não ser uma viciada. Guardava as "Berettas" numa garrafinha azul, de vidro, que batizei de "Minha lâmpada de Aladim", e toda vez que a abria, prometia: "É a última". Mas a dor voltava e eu "esfregava" minha lâmpada.

Era uma verdadeira mágica do gênio da serenidade, que emanava do vidro azul para afugentar os ogros tormentosos que eu havia trazido do outro lado da cordilheira.

Chile que ri

Um poeta chileno que viveu em La Plata, Alfonso Gómez Líbano, que quando estudava humanidades publicou *Suicidada en las aguas* e *Población de la noche*, me recomendou para um jornal de Santiago e, durante a leitura de um novo livro que ele estava preparando, me apresentou no círculo de Neruda.

Alfonso recitava:

Dentro de ti, Diego de Almagro,
palpita o coração como campana
e perfura sua cova de vale profundo,
quando o vento cruza e tem a forma
de um franzino guerreiro curado da febre.

Alfonso se propunha a ler o extenso poema.

— Como se chama? — perguntou Neruda.

— "Sangue popular".

Não continuou a ler mais.

As "Berettas" já não eram suficientes, eu nadava em ácido lisérgico como muitos dos intelectuais do momento em Santiago. Embora não fosse necessário, a droga agigantava ainda mais o abrupto e perigoso Neftalí Reyes, que recitava seus poemas com a voz agravada sob uma máscara inteira ou cabeça de papelão. A fumaça e os tragos subiam do nosso estômago à boca, e eu me perguntava: "Pra que diabos escrevo depois de ouvir esse fenômeno?".

Ele jogava migalhas aos poetas, permitindo que lessem algo: mas eu nunca o fiz, pois advertia que o espírito jocoso e não muito domesticado daquele índio debocharia. Uma tarde, abriu a bocarra para mim:

— E você, não lê nada?

Quase me mijo:

— Não...

Dia sim, dia não eu levava meus textos para o jornal de Santiago, e publiquei um artigo sobre Neruda numa edição. Durante uma semana deixei de frequentar o cenáculo, um pouco envergonhada, um pouco aterrorizada.

Quando o monstro se mudou para sua "Isla Negra", fui sem convite e me instalei no círculo. Como quem ouve debaixo d'água, escutei que ele disse algo sobre aquele artigo. Não sei por que achou engraçado, mas não debochou. Quase me apaixono por Pablo.

Mas me contive a tempo, porque ele tinha tempo para todas. Além disso, eu estava vacinada contra o amor. E me enternecia a certeza de habitar o sótão do monstro que meditava sobre sua pobreza, na infância, naquela casinha de chapa que o vento fustigava erguendo pedregulhos. E o apedrejamento amassava a casinha quando o vento se agravava, furibundo. Eu sofria com o gesto repetido do poeta, de tapar as orelhas com as mãos como quem cala um pranto antigo.

Perguntei:

— O senhor nasceu em Temuco?

— Em Temuco. Em sua noite oceânica latem os cães desorientados, cantam em coro as rãs na água, e esse barulho de água, e essa aspiração dos seres é estendida e interceptada entre os grandes rumores do vento. A noite passa assim, batida de costa a costa pela recusa dos ventos, como um aro de metais escuros lançado do norte aos campanários do sul. O amanhecer solitário, empurrado e retido como um barco amarrado, balança até o meio-dia e surge na solidão do vilarejo a tarde de telhados azuis, branca vela mestra do navio desaparecido.

Defronte a minhas janelas, atrás dos pomares verdes mais adiante das casas e do rio, três morros apoiam-se no céu tranquilo. Pardos, amarelos, retângulos de lavouras e semeaduras, caminhos batidos, matagais, árvores isoladas, o monte alto de cereais dourados quebra lentas ondas uniformes contra o cume. Surge a chuva na paisagem, cai cruzando de todos os cantos do céu. Vejo agacharem-se os grandes girassóis dourados e escurecer o horizonte dos morros por sua palpitante veladura. Chove no vilarejo, a água dança dos subúrbios de Coilaco até a encosta dos morros; o temporal corre pelos telhados, entra nas estâncias, nas canchas de jogo; ao lado do rio, entre matagais e pedras, o mau tempo enche os campos de fantasmas de tristeza. Chuva amiga dos sonhadores e dos desesperados, companheira dos inativos e dos sedentários, agita, destroça tuas borboletas de vidro nos metais da terra, corre pelas antenas e torres, se espatifa contra as moradas e os telhados, destrói o desejo de ação e contribui para a solidão dos que têm as mãos na fronte atrás das janelas que tua presença solicita. Conheço teu rosto inumerável, distingo tua voz e sou tua sentinela, aquele que desperta ao teu chamado na aterradora tempestade terrestre e abandona o sonho para apanhar teus colares, enquanto você cai sobre os caminhos e os casarios, e ecoa como o ressoar de sinos e molha os frutos da noite, e mergulha profundamente em tuas breves viagens, sem sentido. Assim você dança se apoiando entre o céu lívido e a terra como uma grande roca de prata que gira entre fios transparentes. Entre as folhas molhadas, gotas pesadas como frutas pendem dos galhos; cheiro de terra, de madressilvas umedecidas; abro o portão pisando nas ameixas tombadas, caminho sob os galhos verdes e molhados. De repente, o céu aparece entre eles como o fundo da minha xícara azul, recém-limpo de chuvas, sustentado pelos galhos e perigosamente frágil. O cão companheiro caminha, cheio de gotas como um vegetal. Ao passar entre os milharais, sacode pequenas chuvas e entorta os grandes girassóis que subitamente pregam seus distintivos dourados no meu peito. Sobressaltado, você logo aparece, corroborando a fuga da água, e corre sigilosamente debaixo do temporal, ao encontro dos morros, abarcando dois anéis de ouro que se perdem nos brejos do vilarejo.

Há uma avenida de eucaliptos, há poças debaixo deles, exalando sua forte fragrância de inverno. A grande tristeza, o pesar das coisas gravita conforme vou andando. A solidão é grande à minha volta, as luzes começam a subir pelas janelas e os trens choram distantes, antes de entrar nos campos. Existe uma palavra que explica o pesar dessa hora, caminho buscando-a debaixo dos eucaliptos taciturnos, e pequenas estrelas começam a emergir das poças, escurecendo. Eis aqui a noite que desce dos morros de Temuco.

E tudo isso através da cabeçona de papelão.

Pensei em me favorecer com uma catarse pessoal de poemas. Fui até o editor de Alfonso Gómez Líbano com um punhadinho de versos. Ele os aceitou e publicou. Ah... Não pude me limpar de toda a miséria vivida. Não foi possível, porque os fantasmas domésticos salpicavam cada um dos poemas com seu ambíguo sangue imundo. Tomei coragem: pedi a Neruda uma recomendação para fazer matérias e tirar fotos na ilha de Páscoa. Em meia hora a obtive.

Depois dos meus três anos em Santiago, parti mais uma vez, com uma boa câmera fotográfica e uma máquina de escrever portátil.

Ilha de Páscoa

A quatrocentos quilômetros da costa chilena, o chão é vulcânico em Rapa Nui, de uma coloração cinza-elefante, feito couro esticado sobre a província do Atacama, à qual a ilha pertence. Do mar, sobe uma névoa azul-violácea e as pessoas se recostam num fundo acidentado aguardando que o Colosso do Pânico, figura *goyesca* demencial, brote da marina em forma de cogumelo. No solo arcaico, antigamente mole, enormes pés plantaram suas pegadas como mensagens vizinhas dos monumentos. Entre a vegetação rala emergem cabeçudos de pedra, obra de uma estranha civilização desaparecida, segundo dizem. Ou seriam deuses representados por um insuspeito paganismo?

"À noite eles cantam", contou-me um nativo.

E eu comprovei. A noite canta no vento das concavidades do rosto de quinze metros de altura. A quem dedica seus cantares? Será que a uma aldeia de argonautas escondida no Pacífico? Será que aos habitantes das outras ilhas encalhadas como galeões de uma frota fantástica e impossível?

Descobrimos a voz da pátria muda ou antiga Rapa Nui. Saudamos a cratera, Ranu Raraku. Nos tornamos aprendizes de vulcões, como o Pablo Neruda menino, vendo as línguas do

Aconcágua, o fogo do Tronador. E, como em *A rosa separada* no anoitecer, vemos o fogo do Villarrica fulminando o gado entre um crepitar de bosques incendiados.

Dizem que as ilhas foram criadas pelo vento transportador de argila, barro e sêmen que voava. De tal feito, nasceu a Melanésia e mais tarde a Polinésia. E os dedos do Senhor Vento esculpiram com argila molhada a estátua inaugural, e, com alegria de travessura infantil, ele mesmo a desmoronou de imediato. Construiu, depois, uma segunda estátua, dessa vez de sal, e, com fúria de artífice ciumento, o mar a dissolveu. E o Senhor Vento demonstrou seu poder superior a qualquer outro poder esculpindo o Silêncio moai de granito e para sempre. E o Ser que ele é olha com os olhos da pedra. Cheira com seu nariz de proa. Mede a distância a partir da claridade do retângulo. O Senhor Vento gostou de proliferar seus ciclopes de pedra em amoroso conúbio com as brisas da Oceania, e foram brotando as enormes cabeças de pescoço alto e grave permanência.

Preocupante permanência. Como de eternidade.

Eu escrevia apoiando a máquina numa rocha plana, enviava as matérias ao continente e no fim de cada mês recebia um salário. Tirei fotos claras e muito interessantes. De certo modo, havia regressado à minha infância pastoril, pois comia ao ar livre e meu hábito de falar sozinha se agravou. Pior, já era um vício, embora eu não ousasse admiti-lo. Numa noite azul-lilás, um rosto derrotado, quebrado e caído, com o nariz afundado na crosta calcária da ilha, o mais afundado de todos, aquele que insiste em regressar à lava do confim oceânico do umbigo do mundo, aquele mesmo cantou para mim: "Único e perfeito amor".

Caí de bruços e beijei o calcário, me despedindo, para voltar ao meu país.

Regresso à casa

Voltei à estância em agosto de 1948, quando as cercas douradas de giesta e acácia lustravam a fronde, douravam a paisagem. Pensei ter ouvido que uma harpa imensa tangia para mim, que as notas viajavam na lonjura como as nuvens do inverno prestes a terminar.

Andei rondando as cercas, não tinha pressa de entrar, depois de um quinquênio de ausência. Ariel me viu e veio correndo como uma matrona, pois havia engordado. Conversamos sobre tudo.

— Sua avó morreu em junho.

— Ah...

— Arnaldo se casou e já se divorciou.

— Degenerado.

— Pra contar da sua avó, mandei um telegrama a Santiago.

— Eu não estava em Santiago. Além do mais, não tem importância, porque não teria vindo.

— Luis enviuvou dois anos depois da sua partida, mas não me pareceu oportuno avisar você.

— Por quê? Eu teria voltado.

— Pode procurá-lo. Deixou o endereço espetado numa tachinha.

— O senhor acha? Passou tanto tempo...

— Deveria vê-lo o quanto antes.

Ariel continuou me informando: uma revolução em 1943, um movimento popular em 1945; li essas notícias em Santiago e pensei como estaria Luis com a derrocada do partido conservador, seu partido. Lula tinha sido trasladada à Espanha; traslado dogmático. Passei um ano na estância sem ousar fazer um único movimento na direção de Luis.

Eu mudava de lugar a tachinha com a mensagem sem sequer ler o endereço, a rua do amado. Por intuição, sabia que devia me proteger. Fui a La Plata, à agência de turismo. Deixei meu passaporte em dia para o que pudesse acontecer. A Europa era minha meta. A cidade luzia uma agressiva primavera perfumada de tília. Comovida pelos doces duendezinhos de minha idade juvenil, e por minha sensibilidade aguçada, senti a já antiga dor nos brônquios. Seria alergia, esse mal-estar que fluía pelos meus olhos e nariz feito água?

Ou pranto. Os duendes e fantasmas da estância nunca me fizeram chorar. Eu chorava por Luis. Lâmpada de Aladim. Ingeri um comprimido de seu protuberante seio de vidro azul; fortalecida, tive coragem de olhar o endereço anotado no papel preso na tachinha. Tomei café. O mundo era meu. Falei para Bertha, pendurada no meu pescoço na sua correntinha de prata:

— Bertha, agora que o mundo é nosso, vamos em busca dele.

Eufórica, apertei a campainha do apartamento. Uma porteira ou zeladora disse que o doutor voltaria às quatro horas. Quando fechou, deslizei um bilhetinho por debaixo da porta: "Te esperarei hoje e amanhã, na estância, a qualquer hora".

E naquele mesmo dia às seis da tarde seu perfume invadiu a casa. Subiu até o sótão. Enfeitiçada, julguei estúpido o parêntese que me impusera e desci correndo do meu exílio àquela que havia sido a casa das gentes para reeditar o tempo do amor, do único e perfeito amor.

Luis não era o mesmo de antes...

Estendeu formalmente a mão para mim, não me encarou uma única vez. Falamos bobagens e logo depois ele se despediu. Ouvi o motor de seu carro até se tornar um murmúrio.

Senti vergonha como quando papai disse: "Sua mãe pariu um varão". Invejei os mortos: meus pais, Juan Sebastián, minha avó abominável, e recitei em voz baixa uns versos de Rimbaud que encaixavam bem naquele momento maldito:

Um raio do céu
aniquilou a comédia.

Oh, sim... eu devia partir, quebrar, fatiar, levantar âncora. Como fiz certo em deixar minha documentação em dia.

Iniciação parisiense

Greves técnicas tornaram longa a travessia. Dormi um pouco, remédios. Trazia como única bagagem minha bolsa de pano, a mesma dos achados com Bertoldo e Juan Sebastián. Li, num texto que sempre me acompanhava, esses versos de Rimbaud:

Invejava a felicidade dos animais,
as lagartas que representam o sono dos limbos,
as toupeiras, o sono da eternidade.

Pensei que um raio do céu aniquilou minha comédia e me atolou na *merde*. Ariel havia depositado dólares em meu nome num banco de Paris; eu trazia um pouco de dinheiro na bolsa, por via das dúvidas. Voei durante quinze horas. Aterrissei no aeroporto de Paris, sozinha e sem parentes me aguardando, e me veio à memória o dia da minha primeira comunhão.

Falei para Bertha:

— Chega de autopiedade, vamos procurar um lugar pra nós duas.

Íamos num táxi em direção ao bairro de Sacre Coeur. Por indicação do *chauffer*, encontramos um quarto que ficava em cima de uma padaria. Tinha um pequeno chuveiro separado do resto do habitáculo por uma cortininha de chita desbotada, e a água do banho escorria por um ralo de madeira. Havia um cabideiro em forma de harpa. Suspirei: "Os sótãos nos perseguem".

A padaria exalava um aroma delicioso. Desci em busca de uma folha de alface para Bertha, a quem depositei na saboneteira em cima da mesa de cabeceira, e saí para a noite.

Eu era uma fera faminta, um friorento animal desconsolado prestes a uivar.

Andei pelas sombras lilás azuladas, pontilhadas de agulhas góticas, até chegar às luzes de neon. Em um trecho, peguei um táxi. As confeitarias aguçavam minha inanição. As perfumarias aguçavam o fantasma de alguém que usava loção e colônia francesa. Entrei num bar. Perto do aquecedor, me reconfortei com peixe, batatas e castanhas. Bebi conhaque e roguei por alguma companhia. Estava tão magra que temia passar despercebida ou ser invisível. Como eu mal ocupava um canto da mesa, os três jovens ocuparam o resto. Minha prece foi ouvida. Eu ia me matricular no Instituto de Psicologia e eles também.

Depois de comer, me convidaram para tomar um banho de gárgula, batismo de coruja. Chovia. Clareou e os monstros de Nossa Senhora vomitaram jorros enferrujados sobre o Sena. Reclinados, recebemos uma feitiçaria pluvial que nos consagrou filhos da noite *parisienne*. Três irmãos me adotaram. Pauline, Solange e Jean. Éramos quatro irmãos aficionados pelo cheiro das mansardas, às quais se sobe por longas, estreitas e retorcidas escadinhas caracol; pela música de cordas, que poucos podem ouvir porque brota de encordoamentos dedilhados por mãos transparentes, por dedos com dedais de ouro; pelas portas cujas fechaduras bolorentas são abertas por chaves buriladas como joias; pela simbiose amorosa que transforma um qualquer em ideal, único e perfeito amor.

Nós nos divertíamos em tarefas fora do tempo presente. Varríamos cinzas ao pé das acácias. Nos lambuzávamos com suco de mandrágora. Com óleo de rícino e cânfora. E, para superar nossa fotofobia em comum, nos refugiávamos em velhos baús até não aguentar mais. Contraí fotofobia em Paris por habitar a noite de neon, de iluminação elétrica, de lampião a gás e querosene.

Avistei aqueles três superdotados ao cruzar o oceano de ar com minhas antenas nada comuns. Ou foram eles que me atraíram e me avistaram? Nas aulas de psicologia, em pouco tempo nos distinguimos.

Nos ofereceram estágio como assistentes; assim, me tornei independente dos envios de dinheiro de Ariel e de pegar fila no banco.

Era inverno e noite quando Solange se jogou no Sena. Foi pescada, uma borbulha entre os vômitos das gárgulas que agitavam as margens do rio. Pescada como um peixe comprido com algas grudadas que quase a prenderam no fundo.

Ela reagiu e a levamos para o albergue de Sacre Coeur. Acendemos a salamandra e ficamos na torre, conversando, como se nada tivesse acontecido. A polícia aceitou que fora um mero acidente. Solange pediu ao irmão um suco de mandrágora e ele entornou um líquido vivo, reluzente, sussurrante, cujo vocabulário entendi.

Solange saiu reanimada por nós. Não aguentava caminhar mais que duas quadras. Estendida num sofá de veludo, parecia se liquefazer, e temíamos que ao olhar para ela de novo restasse apenas uma mancha de umidade. Fazia vinte e quatro anos que andava escorada nos dois irmãos. A invertebrada inteligente tinha que escalar para ocupar qualquer lugar. Parecia Michèle Morgan em *A sinfonia pastoral*.

Nosso bar de costume tinha uma parede decorada com esqueletos de crustáceos: baratas, gafanhotos, lagostas, camarões, todos eles convertidos em músicos com violão, violino e contrabaixo por algum artesão paciente e original. Tal cenário criava um pano de fundo para o repouso de Solange, pálida enguia incluída no mural.

Perguntei a Jean:

— O que você lhe deu de beber?

— Mandrágora.

Entre os dedos, Solange brincava com uma estranha terracota. Do seu pescoço pendia uma correntinha de prata; vi as três faces formando um triângulo e notei o movimento rotatório.

— Mostre pra Chela — disse Jean.

Na minha mão, a correntinha latejou como uma artéria. Juntos, declararam: "Somos druidas". Eram donos de um castelo no país dos Carnutes e suas origens remontavam à pré-história. A mansão datava do ano de 1200. Assim, uniram-se ao meu espírito os três irmãos Flamel de Taliesin. Me convidaram para conhecer seu lugar de origem. Viajamos uma noite inteira de trem, tiraríamos uma semana de férias. Celebrariam uma cerimônia de iniciação de um garoto chamado Lazare, e, embora eu não tivesse perguntado em que seria iniciado, compreendi que integravam alguma das numerosas seitas que existem em Paris. A entrada ao castelo se dava por uma ponte, antes levadiça, agora fixa. A fortaleza castelã parecia contemplar os prados pelos seus olhos de escotilhas, e se abria à área externa por meio de janelas flanqueadas de torreões redondos, com molduras cheias de ornamentos e fendas ameadas. Um pavilhão do jardim fazia par com a capela e, na frente, a heráldica familiar reproduzia o medalhão trifásico.

Nele, eu li: "EURE-CHER", o nome de dois rios.

Contemplei a sala de jantar medieva com sua mesa comprida e seu cadeiral, o espaço para os serviçais e a tribuna para menestréis e copeiros. Meus três amigos sumiram. Subi uma escadinha caracol gasta pelos séculos até a sala de escuderia com cavalos de couro e cavaleiros de cera, cheios de ferraduras, que espiavam com olhos gauleses pelas viseiras, como tigres, como gatos ou coelhos ruminando um desgosto. Nos relicários, admirei pobres madeixas naturais repousando entre fitas e, nas cristaleiras, espartilhos. Cada coisa com seu nome e data. Contei setenta e quatro. Eu estava no melhor sótão do mundo. Não imaginei, naquele momento, que ainda teria outra experiência muito mais extraordinária. Mas ela aconteceu bastante tempo depois.

Saí ao bosque e descobri, contra um muro, outra escadinha caracol que conduzia a uma vetusta água-furtada. Subi e bati na porta de madeira de acácia, que cedeu, e encontrei meus amigos.

Não sei se me informavam ou se falavam entre eles:

— Solange está grávida — disse Jean.

Pauline admoestou:

— Deviam ter se cuidado.

Solange afirmou:

— Não quisemos nos cuidar.

Tirei terríveis conclusões.

Jean decidiu:

— Vamos consultar a vovó.

Como seria a velha? Tão abominável quanto a minha? Entendi que a raiz daquela família afundava em algo pantanoso. Me lembrei do buraco no pátio de La Angelina e do achado. Me lembrei de Juan Sebastián.

Quinze jovens foram convidados a integrar o círculo de iniciação de Lazare, todos eles da mais pura estirpe, isto é, descendentes de fundadores do lugar. Uma sociedade muito fechada. Citarei apenas Jules e Sabine de Saint-Germain, irmãos, ela casada com um negro, Remus de Tamise, e fisicamente defeituosa. Nossa amizade durou muitos anos. O banquete em homenagem a Lazare conjugava seus aromas com o cheiro de sebo das velas, pois não havia luz elétrica. As tochas nos muros criavam um verdadeiro teatro de sombras. Serviram sanduíches frios de ave e peixe e champanhe o tempo inteiro. Notei que os pais de Lazare estavam nervosos.

Meu espírito me predispunha a qualquer prodígio, e tentei me conectar com os espíritas do grupo. Dedilhei antigas cordas já tocadas, agucei meus radares, me comuniquei com Aquele do universo paralelo, tangível como este em que pisamos. E as sombras dançantes transmutaram Solange num talo crescido, cujos contornos volúveis enroscaram-se nas colunas. Ela vestia um hábito verde de seda. Seus irmãos nos conduziram ao pavilhão e subimos até a água-furtada, em cujo frontão li: "CAVEAU". Todos os membros da confraria instalaram-se em banquetas, de acordo com seu grau. Eu não tinha grau e me sentei ao lado de Jules, que morria de rir. Jean entoou uma ladainha alquímica:

Quando a pedra é perfeita para alguém
transforma-o de mau a bom,
torna-o benévolo, doce, piedoso,
tira-lhe a raiz de todo pecado
permanecendo, dali em diante,
satisfeito com as graças
que obteve
depois da procissão.

Jules explicou (no meu ouvido): "A processionária é uma lagarta que vive roendo os pinheiros; ela pode roer tudo, menos o carvalho". Enquanto isso, Jean suplicava:

Somos como a Processionária
adquirindo consistência ciliar
e atormentamos aqueles que
tentarem nos destruir;
rompamos os epitélios
e nasceremos borboletas
e pousaremos
no totêmico carvalhal.

Jules me sussurrou de novo: "Os da frente já são borboletas; nós somos larvas".

Como larva, comecei a rastejar pelas paredes esculpidas e esmaltadas de azul-esverdeado, onde um anjo bicéfalo amparava um carvalho jovem, um pássaro arrancava penas do seu papo e três serpentes esticavam a lingueta em direção à ave; atrás do anjo, um leão de oito patas, duas cabras violinistas e um grande selo preto com a inscrição: "*Spiritus Facro Fancti Gratia. Non Ex Mes Fcientia, Fed Ex*". Vi numa coluna grossa, ao longo de todo o fuste, símbolos listados. E me lembrei então de um livro da biblioteca do meu avô, cujas capas de cobre resguardam as folhas de casca de árvore, divididas em três partes, de sete páginas, em cujo ex-líbris uma serpente se enrosca e uma segunda aparece crucificada, enquanto de uma fonte brotam mais ofídios. Uma inscrição em ouro brasona as margens: "Abraão, o Judeu, Príncipe, Sacerdote, Levita, Astrólogo, Filósofo, à Nação dos Judeus, pelo Olho de Deus, dispersará os Gauleses. Saudações. DI". Era um documento assinado por Nicolas Flamel em 1357. Rastejei descendo pelo outro fuste e vi as cruzes desenhadas: ankh, grega, latina, patriarcal, tau, de Santo André, de Malta, de Jerusalém...

Caí no chão, suavemente. Os confrades tiraram de um baú suas togas em forma de dominó, com cruzes gamadas no peito; nós, as larvas, não tínhamos o direito de usá-las.

Solange levantou uma retorta fumegante e recitou:

Existindo na eternidade,
não pude nascer
de um pai nem de uma mãe,
mas de uma força
elementar da Natureza:
dos galhos das árvores,
dos frutos dos bosques,
das flores da montanha.

Já brinquei na noite,
já dormi na aurora.
Já fui víbora no pântano,
águia sobre os cumes,
lobo na selva.

Vaguei longamente sobre a terra
até adquirir a Ciência,
e vivi em cem mundos,
e me movi em cem círculos.

O coro de borboletas respondeu:

Nós erguemos os dolmens e os menires
na aurora dos tempos; quando Chartres
não era o que é, nós levantamos a bandeira
dos Carnutes.

Exterminaremos com fogo os inimigos da raça pura,
cujas cinzas cairão no mar.

Antes dos invasores celtas, antes dos arianos,
na idade de ouro megalítica, nós éramos os donos.

Voltaremos... Voltaremos...
Aquele que se opuser a nós
será submetido à fogueira, mãe da pureza.

Acenderam velas pretas. Solange enfiou a mão, o braço e até o cotovelo numa cesta de palha e retirou uma serpente que, com harmoniosa delicadeza, se enroscou no seu pescoço. Lembrei-me das minúsculas serpentes da estância, com as quais brincávamos, e senti saudade do éden. Os iniciados bebiam alternadamente de uma mesma jarra, em transe, caíam no chão e gesticulavam. Como havia chegado o instante supremo para Lazare, mandaram que nós, as larvas, saíssemos.

Jules disse:

— Me divertem.

Perguntei:

— O que vai acontecer com Lazare?

— Se o matarem, ressuscitará.

Uma alvorada suja entrava pela escotilha.

— O que os iniciados estavam bebendo?

— Suco de Mandrácula.

Uma hora depois, juntaram-se a nós.

Sabine e Jules

Jules me convidou à sua casa: "Não se iluda, não é um castelo".
Ele dividia um apartamento amplo com a irmã e o cunhado. Por
um tempo morei ali, me convinha pela proximidade com o Instituto de Psicologia. Naturalmente, levei Bertha comigo. Sabine me contou que possuíam um grande castelo, mas o aluga-
vam para o município, o que lhes proporcionava uma boa renda.
Sabine de Saint-Germain era uma pessoa "diferente". Bela na
juventude, teve uma doença óssea que deixou uma grande corcunda nas suas costas. Desde então, caminhava olhando para o
chão como se procurasse uma coisa oculta, inescrutável. Mas
era tão inteligente e sofisticada que era um verdadeiro prazer
estar com ela, falava mais que todos numa conversa e, sempre
por dentro dos últimos acontecimentos em artes e letras, informava melhor que uma revista especializada. Agradável, sagaz,
irônica, Sabine foi minha amiga.

Jules tinha feito trinta e dois anos e aparentava dezoito. Posso vê-lo agora mesmo: sofisticado como Sabine, embora um
tanto melancólico, adora madeiras e metais preciosos. Por horas e horas nós dois ficávamos em êxtase diante dos esmaltes
dramáticos dos templos, dos vitrais italianos e das porcelanas

de Sevres-Limoges. Ao redor de Jules há um halo de cera e almíscar, não me lembra ninguém e nunca conhecerei alguém que se pareça com ele. Sua inteligência condiz com seu refinamento. Mesmo que suas camisas sejam de seda com punhos de renda, e que prefira o veludo para a confecção de seus ternos, jamais será anacrônico, muito menos ridículo.

— Quando me cansar de mim mesmo, me suicidarei.

Ensaia comigo o "idioma argentino" e acha-o mais doce que o espanhol, que ele considera "uma galegada ordinária".

— Chela, com você eu me casaria. Você é um lindo *pibe*,* sabia?

— Nunca pensei em me casar.

Eu estava mentindo.

Agosto de 1949. Iríamos a Madri por um romance cujo concurso ganhei; talvez houvesse algumas pesetas, o que não seria nada mau. Viajaríamos Jules, Bertha e eu. Céu de verão espanhol. O mais azul da Europa. O da Itália é radiante e esse é um medalhão votivo. Fomos ao Retiro para ver as estátuas. Subimos a esplanada por onde antes da república só subiam os reis e sua corte. Ao voltar pela avenida José Antonio, fuçamos as lojas pitorescas, passando perto da fonte de Cibeles. E a cidade perfumada me lembrou La Plata com seu cheiro de tília. Mas o madrilenho era o espectro exótico do Levante.

Assim, tiramos nossas férias do sótão, submetendo-nos a um déspota encantador: o ócio. Sentados na grama dos jardins que rodeiam o Prado, esperávamos o horário de abertura, adquiríamos o ingresso de entrada, e lá estávamos na sala de Goya. Jules sussurrou: "Chela, somos nós retratados, você aos setenta e eu aos cem". Velhos comendo. Imersos na água do espelho da rotunda de *As meninas*, integramos a família de Felipe IV; a infanta Margarita me trouxe à memória Lula, a única normal, e algum anão me lem-

---

* Moleque, no espanhol argentino.

brou Juan Sebastián. Do quadro real, os personagens pareciam sair da moldura para passear pelo Prado dos Jerônimos.

Quando outubro começou a esfriar a cidade, fomos até a editora e então me lembrei do sr. Roux e de mamãe. Naquela espelunca horrorosa, o editor disse:

— Já liquidei a edição desse romance.

— O senhor gostou?

— Sim, oras.

— O que fez com as pesetas?

— Vocês conhecem a autora?

O cotovelo de Luis crava nas minhas costelas e uma luz piedosa me ilumina, porque esse velhote, apesar de tudo, é um senhor, como todos os espanhóis.

— Se tiver, levaremos alguns exemplares.

— O que dirão a ela?

— Que o livro foi pro caralho.

Jules não entendeu por que o senhor espanhol se zangou, era neófito em matéria de caralho.

Jules propôs fazer um filme com o argumento.

— Vamos ambientá-lo no nosso castelo.

— Está alugado.

— Nós desocupamos...

Quase choro, pois senti que me protegia. Não aceitei.

Tomamos manzanilla* no bar Manila da avenida e fomos ao Prado. Contra um janelão que dá para o parque, dorme uma Ariadne de mármore rosa. Nada mais a atormenta, nem queima, nem flecha, e ela descansa num leito de bronze, longe do Touro de Creta e do Minotauro. Não tem mais medo dos monstros. Acariciei seus pés lânguidos, viúvos de afeto, com veias levemente azuis porém exangues.

* Típico vinho fortificado espanhol, similar ao jerez.

Jules se declarava para mim:

— Eu não seria infiel como Teseu.

Respondi:

— Somos os descendentes do Touro e do Minotauro, e até de Caríbdis e de Cila; nossa genética monstruosa precisa cessar. Podíamos ser perfeitos, mas não existe perfeição na humanidade e alguma desgraça devemos ter sofrido.

Então falamos do Museu do Louvre e daquela joia disposta no topo de uma escadaria, que tenta voar com um solavanco do tronco para cima, impulsando a cintura, a túnica molhada das águas do Mediterrâneo. Tanta perfeição numa entidade perecível, os deuses castigaram e a decapitaram. Agora o limo não pode sujá-la, a fumaça não pode tisná-la, mas ninguém saberá quão bela foi sua cabeça. Inteira, presidiu a dança cósmica em homenagem aos cabiros na sua ilha Samos da Trácia. Quem mandou mutilar a perfeição?

Se a Mãe Natureza tivesse obedecido aos alquimistas: "Mãe Natureza, não durma, não produza seres simples e coisas vãs como estanho, cascalho e outras vulgaridades. Defenda a fórmula substancial que te induz a fabricar ouro, pedras preciosas e semideuses". Se a Mãe Natureza não tivesse se distraído, hoje os estudantes pediriam esta lista nas livrarias: *A palavra abandonada*; *A luz saindo de si própria*; Basilio Valentim; Roger Bacon; Ramon Llull; Nicolas Flamel; Arnaldo de Vilanova; Morien, Lavimus, Trismosin, Filaleto, Du Soucy.

A tartaruga anã dormia no meu bolso, e quando conversávamos ela tirava a cabecinha e as patinhas para fora — eu reparava —, ansiando a grandeza de um tempo edênico, quando do exibia uma gigantesca e revestida carapaça transparente como mel cristalizado. Bertha, meu único laço com a estância bonaerense, apalpava minha coxa e eu lhe devolvia a carícia. Íamos juntas a conferências, concertos e museus, ela me fez companhia em dias muito aziagos; é justo retratá-la com um causo:

Ocorreu no Louvre, no ladrilho de losangos brancos e azuis na sala das Cariátides. Pus Bertha no belo piso e ela começou a deslizar em direção a um ponto escolhido. Parou diante da estátua da moça grega separada de suas irmãs da Acrópole, levantou como pôde a cabecinha enrugada e, em suas bochechas de réptil, brilharam duas centelhas, porque Bertha chorava pela beleza inalcançável. Falei para ela: "Não chore, Bertha, nem você nem eu suscitaríamos a piedade dos deuses a ponto de nos concederem a graça dessa menina de batina talar".

Mais um regresso

Voltamos a Paris no dia seguinte. Fui olhar minha correspondência e encontrei uma carta e um telegrama. Na carta, Ariel me comunicava uma ordem de expropriação oficial. Dizia que o governo popular peronista me daria o dobro do valor de minhas terras, que ele considerava aquilo justo, porque o latifúndio estava destinado à fundação de um asilo de idosos. A carta datava de dois meses e o telegrama "urgente", de dois dias. Resolvi não começar as aulas e partir imediatamente.

No dia 5 de setembro, cheguei à estância. Ariel me explicou uma infinidade de coisas que eu me recusava a entender. Devia comparecer ao gabinete do governador Mercante.

— Não haverá uma forma de suspender isso?

— Não.

O peronismo amputava a única coisa que me restara. Redigi uma procuração em favor de Ariel. Minha fúria me exilou em meu sótão. Sara subia como antes. Com uma novidade: atreveu-se a opinar.

— Pra que a senhora quer tanta terra, se passa a vida na França?

O mundo estava de cabeça para baixo... e até Sara pensava. Não só pensava, como argumentava sobre política, sindicato, comitê partidário; que não haveria pobres demais nem ricos demais. Observei a negra. Oh, não... Definitivamente não era a mesma. Tinha feito escova no cabelo e estava maquiada. Murmurava enquanto servia:

— A senhora não perde nada e ganha o dobro; vocês não faziam caridade nem ajudavam os pobres.

Ela queria dizer mais alguma coisa e não se atrevia:

— Desembucha, negra.

— Aqui os maus-tratos vão acabar... o sr. Arnaldo é deputado e tem muito poder.

Odiei-a como quando esqueceu a data do meu aniversário. Começou a cobrar salários atrasados, dizendo não sei o que sobre a CGT.* Trouxe umas contas. Eu era a devedora daquela porcaria. Preenchi um cheque com o dobro do que pedia.

— Se voltar a me encher o saco eu te boto na rua, negra de merda.

Tremeu diante da mesma criatura que antigamente a atormentara. Senti como se me operassem de uma doença grave. Saí ao campo para visitar a última fronteira, a velha La Angelina. De que me importavam os idosos do asilo? Os portugueses que compraram as terras de Lula tentaram falar comigo; não lhes dei chance. Andei horas por La Angelina. Despreguei uma placa nojenta de expropriação e me machuquei com os pregos; chutei a placa e me machuquei de novo, dessa vez no pé. Partiria novamente para a Europa.

Ariel me esperava no salão com um envelope vultoso e documentos para assinar:

— Consegui resolver tudo, veja, estão pagando pontualmente, a lei é dura, mas é lei.

---

* Confederación General del Trabajo, central sindical fundada em 1930 na Argentina.

A alma da minha gente em papel-moeda.

Perguntei com angústia:

— Quando começam?

Respondeu empolgado:

— Imediatamente. Este governo acha que é melhor fazer que dizer, e ainda melhor realizar.*

— Não percebe que estou sofrendo...

— É preciso se atualizar, Chela.

— Não sou uma atrasada, o senhor sabe muito bem.

— Você vive em Paris, mas é mais atrasada que Sara.

* Referência à célebre frase de Perón: *"Mejor que decir es hacer. Mejor que prometer es realizar"*.

A invasão

Subi ao sótão e falei para Bertha: "Na casa das gentes estão todos loooucos". Bertha devorava sua alface nacional com mais vontade que suas alfaces francesas. Olhei a estatueta do achado. Na bruma familiar, ouvi o arpejo. Uma pavana para infanta adormecida, para infanta defunta. O xale de Manila caiu e o arcanjo nu, naquele frio, era um menininho morto.

Do baú ancestral, tirei uma folha de papel do século 18, li por longas horas "Chaves para abrir o coração". Para piorar as coisas, eu pensava em Luis.

Permaneci um mês no sótão, no mesmo lugar de agora, com os mesmos papéis e objetos. Como antigamente, Sara me trazia um sanduíche de queijo e presunto e um copo de refresco que, quando esquentava, tinha gosto de xixi.

Uma noite, um cacarejo como de galinheiro me acordou. Espiei, como certa vez espiei mamãe e o sr. Roux: eram seis comadres capitaneadas por Sara tomando chá na minha louça, seus focinhos na porcelana centenária. Aguentei. Depois eu explodiria.

Desafiei Ariel:

— O senhor permitiu essa atrocidade?

— Não é pra tanto, Chela, são de carne e osso...

— Quanto preciso pagar pra indenizar Sara? Não quero ela na estância.

Ariel, escandalizado, se benzeu. Chegou Arnaldo, como mediador. Sua falta de tato me deixou mais furiosa.

— Vai se filiar, priminha?

Conduzi-o até a porta com tanta ferocidade que o infeliz pensou que eu estava apontando uma arma. Eu queria fugir daquela selva incompreensível. Preenchi a papelada no mesmo cartório onde já me conheciam. Fui almoçar no mesmo restaurante, Bertha no meu bolso. Ainda tenho o guardanapo desse dia. Nos instalamos num canto afastado para ver sem que nos vissem. Pressenti-o. Luis entrou e ficou parado no meio do salão. Eu espiava como sempre. Pediu que não lhe servissem — esperaria alguém? Entrou uma mulher jovem, baixinha e gorda, com a cara cheia de acne. Vi quando suas mãozinhas gordurosas grudaram na manga do paletó azul de riscas do meu amado. Falou com todo mundo com voz estridente sobre as crianças, as compras, a escola.

Deduzi: devia ser professora.

Ele secou nela uma espinha supurante com a ponta do lenço e o ar ficou impregnado com o perfume do meu desespero. Passou um braço protetor por trás da cadeira que ela ocupava, pelo encosto, e descansou a mão naquele pescocinho rechonchudo. Oh, sim... Era um belo casal.

"Vamos", falei para Bertha. Deslizei-a no meu bolso e nos escafedemos por uma porta lateral.

Na calçada, ardiam todos os desertos do mundo. Meus mortos de repente caíram sobre mim como imensos blocos de gelo. Minha única esperança era despedaçada por uma bocó. Falei para Bertha: "Roubos demais, expropriações demais". Ingeri dois comprimidos da garrafinha azul e imediatamente tudo passou a sorrir para mim. Entramos na mesma confeitaria; pedi um sorvete de morango. Não pedi "La violetera" porque já não era costume pedir música. Fiz carinho em Bertha: "Como somos livres".

Já na estância, chamei Sara:

— Me diga: quanto quer de indenização?

Fez as contas numa caderneta. Preenchi outro cheque com o dobro.

— É suficiente pra eu comprar uma casinha pré-fabricada. Amanhã vou embora.

— Você vai embora agora mesmo.

Despediu-se de mim entre duas malas, portando um pacotinho frágil.

— O que tem nesse pacotinho?

— Srta. Chela, por favor...

Abri-o. A náusea fez o vômito subir à minha garganta. Era ali que bebiam chá, as negras beiçudas. Na bacia da infância onde eu lavava os objetos da cristaleira, fiz ondas ensaboadas e esfreguei as xicrinhas onde aquelas fuças nojentas beberam, as asas que as mãozorras porcas seguraram. Peguei uma xícara no ar.

A espuma me deu um banho.

Paris me chama

Recebi um telegrama de Jules; ele sabia da mudança na política do meu país; me perguntava se eu voltaria ou abdicaria do estágio no instituto. Além disso, dizia que o estado de Solange era grave. Respondi que iria no início de dezembro. Cheguei a Paris no dia 3. Eu tinha dinheiro suficiente para viver sem trabalhar. Instalei-me com Bertha no sótão Saint-Germain e estava prestes a jogar fora meus trapos cheios de parasitas, como Rimbaud jogara os seus do sótão que Théodore de Banville lhe cedera.

O criado de Jules trazia as bebidas e víveres ao meu exílio. Jules passava quase todas as tardes e noites comigo; trouxe um clavicórdio.

— Música de cordas, *mon ami*?

— Esse clavicórdio foi do meu antepassado Saint-Germain, senhor de Belle-Isle, filho bastardo de Federico II Rackezi. Arranjou-o na Alemanha nos tempos de Luís XV.

E Jules amenizava o frio crepuscular com cordas do século 17, feridas com palhetas de metal, vestindo um traje arlequim apertado de veludo espanhol com punhos de renda. Resolveu dormir no meu sótão. Subiram uma caminha gêmea da minha, de madeira dourada, cujo ouro, falhado aqui e ali, revelava um vermelho-sangue. Bertha dormia numa antiga saboneteira de Limoges com as patinhas e a cabecinha ao ar livre.

Acendemos fogo de lenha num tripé, aromatizamos com incenso e louro, e a bruma pintava opalas nos vidros, flores do mal nas paredes.

— Meu antepassado descobriu a fonte da juventude.

Grafias nos baús de ferro — havia dois — atestavam a existência de um continente exilado dos mapas. Seria o da fonte da juventude?

Jules continuou a história:

— Ele foi um sujeito extraordinário, que conseguiu a pedra filosofal.

Quanta maravilha aquele sótão guardava. O apartamento inteiro dos Saint-Germain era um museu. Os motivos dos abajures exibiam óvalos rosa-cruzes, com pelicanos trocando as penas do papo e seus filhotes piando há trezentos anos. A cruz de Santo André, arrematada em rosas, girando ao contrário a estrela de davi, e numa estante o esqueletinho de ouro que cabe numa mão, esculpido osso por osso, deixando entrever nos espaços palavras em grego.

— Que maravilha!

— Meu antepassado fez isso friccionando um esqueletinho de madeira com a pedra filosofal.

Sabine me contou que Solange se recusou a ser atendida pelo médico. Sua gravidez se complicou e ela abortou no sexto mês.

— A que horas faleceu?

— Às seis da tarde.

No automóvel de Sabine, partimos rumo ao país dos Carnutes; veríamos Solange pela última vez.

Sabine, de óculos escuros, parecia um daqueles bonequinhos suspensos nos pinheiros natalinos, como no jogo da forca; a seu lado, Remus chorava. Era um dia 23 de dezembro. As pessoas sumiam atrás dos pacotes de presentes, da algazarra e das guirlandas. Pensei que velariam Solange na Caveau; estava sendo velada na água-furtada do pavilhão, na cúpula da torrezinha.

Ao entrar, li "CAVEAU". Parecia uma infanta defunta. O pano preto providenciado pela avó cobria volumosamente as gravuras e letras das colunas, fazendo o universo de Solange desaparecer nas trevas. A voz do sacerdote, tio dos Flamel de Taliesin, celebrava um lento réquiem, e do salão do térreo chegava uma música do século 17.

Quando o sacerdote foi embora, a avó depositou um feto envolto em seda vermelha com um brasão de três perfis, que reproduzia a heráldica familiar, entre os braços da mãezinha. O último Flamel de Taliesin escapava do horror de crescer ogro, íncubo e anão cabeçudo.

Ninguém jamais salvaria a Delfina do rio.

Senti um desejo enorme de aconchego do lar, de alguém do meu sangue em algum lugar da Itália; conhecer a raiz da minha angústia e me expor à fera ancestral, ainda que me dilacerasse. Sairia do velório de Solange rumo ao meu próprio velório?

Fugi sem me despedir de ninguém. Pensariam em "mais uma loucura de Chela" e me enterrariam junto com Solange e seu pequeno incestuoso.

Roma

Minha autonomia absoluta era daquelas forjadas com dinheiro e exílio. Às seis da manhã, peguei um trem para Roma. Pelo caminho que havia traçado, eu me sentia o centro do meu universo e capaz de agarrar o touro familiar pelos chifres.

Poderia conseguir ou não; mas, fosse como fosse, eu vivia numa permanente tomada de consciência, e meu exercício diário consistia em indagar, analisar, sintetizar. Quando me cansava, caminhava bastante.

Rimbaud escreveu certa vez: "Talvez você tenha razão em caminhar e ler muito. Razão, em todo caso, de não se enclausurar em escritórios e casas de família. As estupidezes devem ser executadas longe desses lugares". Eu fugia da casa dos Saint-Germain sabe-se lá para que novas estupidezes.

Instalei-me no Hotel Minerva, em Roma. Deitei pensando: o que seria de mim se não fosse, de certo modo, autista? O que seria de mim, abarrotada de objetividade sem abertura para a fantasia? Principalmente, o que seria de mim, erradicada do seio familiar, se não fosse superdotada?

Agora eu precisava de um colchão em família. Sim, por causa de Luis, me sensibilizei. Andaria, zanzaria, caminharia, correria e me sentaria em algum banco do caminho para arrancar meus espinhos, como o menino do *Spinario*. E em que se resumia tudo isso? Em procurar algo de Luis em cada um dos homens com quem cruzava: um gesto, um perfume, o cheiro do seu cigarro; em me comportar como uma preciosista do século 17. E quanto estrago me causava a busca por essas bobagens sutis, montar o louco quebra-cabeças cujas peças nunca se encaixavam: a marca do seu tabaco, a suavidade dos seus lenços, o broche dourado que ele me deu de presente numa tarde de novembro, pura quinquilharia que usei até enquanto dormia, que gastei e perdi quando o ganchinho quebrou.

Uma noite, em Roma, tive a maior desilusão. Corri e abracei um senhor elegante que fumava com aquela displicência: "Lamento não ser ele", me disse. Casar-me com Luis teria sido minha única vocação? Minha liberdade absoluta me permitia dormir com quem eu quisesse, mas Luis me castrara. Um ato sexual com outro seria uma falha, algo sujo. Eu buscava uma moldura para pintar um quadro de setembro, no meu país, ao lado do rio da Prata, em cujas margens a molecada jogava bola, na primavera, perto do barranco. Ficar acordada a noite inteira me atormentava e recorri ao sonífero.

Transferi minha conta bancária a um banco italiano. Gastava pouco. Voltei a ser a menina imunda da estância vagando de shortinho amarrotado, blusinha de qualquer cor, tênis, o cabelo preso em duas tranças. Eu já tinha trinta anos e aparentava uns vinte e dois. Não passava de uma andarilha ou de uma pobre criatura do pós-guerra. Vivi um ano em Roma sem contrair amizades nem frequentar conferências, reuniões ou coisa parecida, porque o cenáculo de Paris me esgotara. Um sanduíche e um refresco, uma alface para Bertha, e assim transcorriam nossos dias romanos.

Desci às catacumbas, que são os sótãos invertidos, quero dizer, ao contrário dos que ficam em cima das casas, e na sua sinistra intimidade as pinturas ingênuas me mostraram a infância da minha religião. No Museu do Vaticano, vi Laocoonte e desejei cursar estética novamente, no curso de humanidades e com o professor Guerrero.

E tanta grandeza me sufocava, a grandeza da cidade de Júlio César que se imiscui por qualquer orifício, qualquer poro do corpo ou da alma, pelas janelinhas do ônibus, pelo buraco da fechadura, por qualquer vitrine.

Aconteceu em frente à *Pietà* de Michelangelo. Achei que estava morrendo. O que seria de Bertha se a morte me surpreendesse de súbito? Ninguém sabia por onde vagava o farrapo humano em que eu me transformara. Acordei num hospital na Via Veneto.

Sim, Bertha estava na saboneteira da mesinha de cabeceira.

Contraí malária e me administravam quinina e antibióticos. Avisaram o consulado argentino. Perguntaram se eu tinha família em Roma. Como debaixo d'água, respondi: "Na Sicília".

Melhorei, mas desde então padeço de febres esporádicas bastante incômodas.

Depois de um mês de internação, estava exultante por deixar o hospital. Uma enfermeira me acompanhou até a estação para comprar a passagem à Sicília.

Caserta

Janeiro de 1953. Mandei um telegrama ao Borgo Stradolini de Caserta: Messina. "Para minha tia-avó Angelina", como quem lança uma garrafa ao mar.

Na estação de Roma, descobri que faziam descontos e, por duzentas liras, eu podia viajar na primeira classe. Às seis da manhã gelada, parti. Dormi duas horas e acordei em Nápoles. Esperando o trem de baldeação, almocei macarrão e queijo, bebi um pouco de Chianti. Bertha devorou o de sempre e estava feliz. Voltei a dormir no transbordo e acordei na Calábria ao som dos apitos do vapor *Correo de Sicilia*.

De repente me vi rodeada de nativos da ilha, magros, de cabelo encaracolado. Os olhos do meu pai me olhavam de todos os rostos. Generosos, me ofereceram um pedaço de queijo de cabra saboroso e suave, um pouco de vinho de Messina em copo de latão; entendem que sou estrangeira e querem saber.

Digo a eles que vou ao Borgo e perguntam se "pra trabalhar". Para eles, devo ser necessariamente uma empregada. É o que aparento, pois minha calça — a segunda que comprei — ficou emporcalhada durante a incômoda viagem, e de tênis e com o cabelo num rabo de cavalo eu pareço uma miserável. Sou uma craca viva e me lembro do que o enfermeiro do hospital aconselhou: *"Acqua e sapone"*.

Insistem, perguntam se sou francesa. Acho que tenho esse estilo. Num tropel, descemos até o cais. Messina. Procuro um hotel. Atrasarei ao máximo minha chegada ao Borgo. Um ar pegajoso, de azeite de oliva, me pesa. Uma densa poeira atmosférica gruda na pele, acidulada de cítricos e especiarias. No caminho para o Borgo há um hotelzinho e três mulheres: Cloto, Láquesis e Átropos. Outra mulher, distante, canta uma música insular que parece cretense.

A fadiga me derruba num divã vermelho, num vestíbulo pintado de rosa-pálido. Da parede, a imagem de uma santa com os peitos amputados derrama sangue de sacrifício na minha cabeça.

Uma das mulheres oferece:

— Quer um peitinho de santa Águeda?

Doces como tetinhas amputadas, jorrando açúcar carmesim. Até as guloseimas são trágicas na ilha.

— Não, obrigada.

— Veio sozinha? Vai ficar muito tempo?

Domino o dialeto; compreendo que desconfiam de mim, porque as guerras não emanciparam as mulheres de Messina, que não concebem que uma mulher viaje sozinha.

Pergunto:

— Tem um quarto com banheiro?

— Venha, lave-se aqui.

Numa tina ao ar livre, me lavo por partes e assim também me seco. Estou congelada.

— Tem toalete?

Trazem um penico enorme.

— Venha, faça aqui, pode fazer sossegada.

Mas elas ficam ali olhando, paradas feito estacas.

— Vai ao Borgo pra trabalhar?

— Não, pra morar.

— Morar lá dentro?

— Sim.

Mudam de atitude.

— Entre, senhorita, vamos lhe servir vinho e arenque.

Bebo bastante vinho, porque o arenque me dá sede. No quarto há uma cama com uma colcha muito branca, uma mesinha de cabeceira com um copo, uma imagem de santa Águeda dentro de uma cupulazinha de cristal; olhando para ela, me lembro de Lula: o que será de Lula?

Bertha dorme no travesseiro, já comeu e está contente porque é uma aventura e ela adora mudanças. Amanhã vou pedir à mulher mais jovem que avise no Borgo para que venham me buscar. Estou cansada.

A garrafa lançada ao mar chegou. Mandaram um automóvel do Borgo, velho como o da estância. Quem dirige é Vittorio, motorista e jardineiro da minha tia-avó.

Pelas fofocas de Cloto, Láquesis e Átropos, sei coisas "de dentro"; por exemplo, que minha tia-avó é dona das minas de enxofre que tingem o ar de amarelo e dos olivedos que o engorduram; de uma rede de lojas especializadas em comercializar seda dos bichos de La Angelina, que também exporta para o continente; de um cinematógrafo; de vários complexos de apartamentos em estilo californiano. Estremeço e Vittorio percebe:

— *Freddo*, né?

Contemplo o campo ralo e as esculturas despontando entre a relva. Os trabalhadores tiram o chapéu e nos cumprimentam.

— Seu pai era sobrinho da dona Angelina?

— Sim.

— A senhorita é a única sobrinha-neta?

— Tenho uma irmã que é freira.

— *Morta...*

— Por que diz isso?

— Não vê o mundo, está *morta*.

— Ela é muito bonita, Vittorio.

— Como eu disse, está *morta*.

Diálogo siciliano, simples e lacônico.

Vittorio prosseguiu com seu jeito sumário:

— Vocês antes eram espanhóis.

Fez-se um silêncio, que quebrei.

— Como é minha tia-avó?

— Sai pouco.

Agora comprovo que as esculturas são cabeçudas.

— O que essas estátuas representam?

— São de pedra.

— Minha tia é solteira?

— É uma senhora.

Entramos num pátio de lajotas vermelhas. Nas estrebarias, onde as ardósias quebradas denotam que havia sido um alpendre de cavaleiros, agora um burrico morde a ponta de uma estaca. Vittorio guarda o carro ali. Em alguns pontos o ladrilho cedeu, como lá, na antiga La Angelina, exatamente no buraco do achado. No frontão, em relevo, estão nossos antepassados com os nomes embaixo de cada retrato; confirmo que nosso sobrenome é o mesmo desde o ano de 1200. Debaixo da sacada espanhola, leio a epopeia:

"Os Stradolini viveram em Messana ou antiga Zancle antes da invasão cartaginesa e guerrearam com os mamertinos sem se render em Roma. Integraram por direito de sangue o seio da nobreza espanhola no início do século 8: lutaram na Espanha contra os árabes da Mauritânia. Condestáveis de Caserta fundaram academias e vilas."

Fernando Stradolini & Uccelli de Caserta e María Gertrudis della Rovere & Uccelli de Caserta são bonitos, mas dão maus frutos. Estão rodeados de filhinhos cabeçudos.

Posso andar o dia inteiro investigando exteriores e muralhas. Resguardado em um nicho, revela-se o brasão familiar: um dragãozinho adorna o retrato de Fernando. Na insígnia estão impressas a lis azul aureolada em branco e o estandarte de são Dinis. Todos os bebedouros e fontes estão adornados com a linguinha flamejante do dragão.

Descubro a escadinha caracol que leva ao terraço. Subo e avisto os montes, os *cortili* incrustados na pedra, as fumaças de enxofre e as fumarolas das cozinhas que engrinaldam a tarde com bandeiras cheirando a fritura.

— Senhorita, em Rendazzo há *castellos* tão grandes como a casa de Deus, em Taormina há um com escadaria de ouro.

— Quem é o senhor?

— Ninguém, senhorita. Me chamo Truppi Cagliero, do Borgo di Pagliari.

— Por que diz que é "ninguém"? O senhor é Truppi Cagliero.

— A senhorita parece comunista.

Esclareço que não sou comunista, então me lembro do assunto "Sara" e não posso de jeito nenhum me espantar com isso. Aproveito e pergunto:

— Como é a sra. Angelina?

— É uma senhora.

Nem cem guerras mudariam os sicilianos.

Ah, sim... algo fede. Será que nós, os reacionários, estamos caindo aos pedaços? Apoiada no torreão do terraço, eu podia apalpar a pele musical de uma flauta de Pã, a pele do balido do rebanho, a epiderme sonora de algum bandolim, tudo isso tingido pelo amarelo-enxofre das fumaças.

Os ancestrais

Como se estivesse vendo aqui mesmo, a neblina encobre e apaga o cabo do Farol, e envolve como um tule o Aspromonte, onde faíscam fogos de artifício.

Num canteiro espocam brotos do pessegueiro, e quando o primeiro verão chegar, a seiva aquecerá o fuste e o riacho se descongelará. Na minha planície bonaerense, o inverno não silencia a natureza. Aqui a vida se cala e só o pastor desperta suas ovelhas e cabras, as poucas criações que possui, e os animais perambulam mascando plantinhas e despertam a solitária fragrância do tomilho, que é como um espinho que fere o ar e machuca.

— Senhorita, deseja se arrumar um pouco pra ver a sra. Angelina? — A mulher se apresenta, pois é alguém: — Sou Truppi Carmela, a criada de dentro.

É filha do velho do Borgo di Pagliari.

— O que significam ou o que representam as estátuas do campo ralo?

— São cômicas, é verdade.

— Minha tia-avó está dormindo?

— Não sei, senhorita.

— Mas você não é a criada de dentro?

— Quem sabe é Imperatore Ágata, a camareira.

O chuveiro, que às vezes fica gelado, me desperta. Emperiquitada, entro no salão.

As paredes estão revestidas de madeira, que de tanto em tanto forma óvalos emoldurando retratos pintados de noventa e sete antepassados. Um enorme par de seios, e então surge Imperatore Ágata:

— Querida senhorita, como está? A sra. Angelina já vem.

Nos instalamos em volta de uma mesa com pés de leão cujas garras seguram bolas. Há uma parecida no Prado, num retrato. É Carlos II quem deposita na mesa seu chapelão emplumado. Há um retrato do filho de Felipe IV e de dona Mariana da Áustria; o menino parece doente de tão mirrado e talvez seja infradotado. Há um Antonello autêntico: a assinatura do pintor do 1400 é bastante nítida. Soube que a tia salvou a tela para seu Borgo, triunfal sobre rapinas e museus. Há um retrato do duque Uccelli de Caserta.

Quanto ao retrato de Antonello de Messina, mais tarde minha tia-avó me contaria sua luta para obtê-lo, especialmente porque um Della Rovere (ramo familiar de Urbino) visitava a esposa do pai do pintor, assumindo mais tarde os estudos do menino, que foi discípulo de Colantonio.

Bisbilhoteira de tudo que pudesse estar relacionado com a família, Angelina descobriu que Antonello, na adolescência, cavalgou com Della Rovere Uccelli em Flandres, Roma e Régio da Calábria.

Ela acredita que Antonello de Messina é parente nosso. Há outro autorretrato de Antonello no Museu de Londres.

Lembrança por lembrança, troquei uma por outra, substituindo da tela o rosto do artista siciliano por aquele que vi libertado da tumba entre os ombros de sua salvadora.

Estância por estância, o bicho nojento em que me transformei sente frio e remexe a lenha da lareira de ferro, ao mesmo tempo que aviva o fogo da salamandra do Borgo.

Línguas ardentes de fogo aquecem o recinto, tingindo de vermelho a escuridão da sala, semelhante à pintada em torno da silhueta emplumada de Carlos II, sendo esta a mágica abissal do Salão dos Espelhos do Palácio do Bom Retiro. Há aqui um pedaço de mural com anjos músicos; o pedaço faltante está no Palácio Bellomo de Siracusa.

Na parede central, o condestável de Caserta, equestre, sem sua família, veste uma armadura cruzada por uma faixa e empunha a insígnia de sua patente. Em outra parede, um cavaleiro com armadura completa desembainha a espada porque está em combate no meio de uma paisagem de árvores devastadas cujas folhas são arrastadas por um vento que obriga os pássaros a fugirem para o sul. Ao longe vê-se um *castello* com torres dentadas e um escudeiro com lança. O furão fareja a perna do cavaleiro, que é o duque Francisco María della Rovere.

Em cima de uma mesinha dourada há um medalhão de estuque, retrato de María Antonia das Duas Sicílias, filha de Francisco I e parente de Carlos IV da Espanha.

Há duas cristaleiras com relógios e sinetas, amantes empoleirados num púcaro napolitano, um alaúde em forma de pera encordoada; sob um xale de Manila, uma harpa gêmea daquela do meu sótão.

Na mesa, bem apoiados e cômodos, estão os seios de Imperatore Ágata, que, dormindo, os protege sob uma mantinha de renda. De vez em quando cabeceia e vigia a porta.

No meu bolso imenso, Bertha come alface ao lado da estatueta do achado; perguntarei a Angelina sobre os cabeções do campo. A longa espera não me incomoda.

Observo uma cristaleira estilizada que guarda coroas e espadas do século 18, pedras preciosas e duras, e uma Santa Ceia de marfim. Alguma coisa aconteceu atrás de mim, porque Ágata se levantou. Eu viro e não vejo ninguém.

Mas ela está ali.

Descubro-a e penso comigo: "Já vi isso antes". Foi durante uma excursão a Mântua, no Palácio Ducal e naquela pintura que ficava na capela Overtari, representando uma reunião da corte de Francisco Gonzaga, tutor de Andrea Mantegna, responsável pela decoração da sala dos esposos.

Cumprimento minha tia-avó, mas continuo meu pensamento... um homem vestido de escarlate entrega uma carta a Francisco; debaixo da poltrona do futuro cardeal há um lindo cachorro; damas e cavalheiros circundam os que conversam. Em torno de Isabel... os anões. Vi a liliputiana protegida sob o xale de Isabel d'Este. E a pequenina declara que se sente feliz porque estou ali, diz muitas palavras de boas-vindas enquanto Ágata põe a mesa para o ágape. Há um cheiro agradável de baús que bocejam despertando maçãs e alfazemas. Ágata traz um álbum e Angelina me entrega a fotografia de uma menininha vestida de organdi. Irrompe o dia infernal, aquele dia em que mamãe morreu em minha alma.

— Esta menininha é filha do meu sobrinho Stradolini, da Argentina.

— *Per Dio...* — exclama Ágata, como se fosse algo extraordinário.

A única coisa extraordinária é Angelina, que, para alcançar a mesa como um comensal normal, precisa subir numa escadinha de sete degraus, para depois se sentar numa cadeirinha alta de bebê.

Ela tem bons dentes e sua forte mandíbula siciliana mastiga sem trégua. Sua voz é rouca de envelhecida castidade. Ri contente, erguendo ao mesmo tempo as sobrancelhas grossas sobre os grossos arcos superciliares.

— *Poverella...*

Acaricia meu rosto, não sei se ela se compadece ou se me protege. Agora, pede desculpas: "Com licença, Chela", porque deixou os talheres de lado e agarra as presas com a mão, passa o pão no molho do prato, bebe vinho como um pândego, devora a sobremesa duas vezes e raspa a torrezinha açucarada da travessa como uma criança caprichosa.

Sim. Comemos peru como daquela vez na estância.

Por fim, bafeja um cachimbo de espuma do mar que, semiapagado, adormecia; acende um olhinho vermelho e piscante. Os pratos vazios revelam um dragãozinho, nossa heráldica; nos copos, um vinho de sobremesa tinge-se de amarelo-enxofre.

Angelina, satisfeita, fuma e pergunta:

— E sua irmã, entrou em clausura definitiva?

— Sim, nas Carmelitas.

— É bonita?

— Muito bonita e muito loira.

— Puxou a nós...

— Meu irmãozinho morreu.

— Eu sei: somos os únicos Stradolini do mundo.

Em família

Dirigindo-se a Ágata, ela diz: "Chela tem algo dos Stradolini, mas fisicamente deve se parecer com a mãe".

Não está equivocada, sou parecida com mamãe, mas não digo. Angelina cochila feito uma ogra. Sinto que a amo.

Instalei-me na torre do Borgo e Angelina subia a escadinha caracol. Éramos os despojos de uma elite agonizante. Estamos nos conhecendo. Nos gostamos.

Angelina é muito inteligente. Estudou em colégio para filhos da nobreza, e mesmo tendo que se defender das gozações das colegas que a apelidavam de *testone ostinate*, era uma aluna notável. Sua agressividade lhe rendeu a expulsão e ela voltou à casa das gentes. Seus pais e os quatro irmãos varões não podiam nem vê-la, pois aquela insignificância desvalorizava o conjunto.

As guerras aniquilaram os seus, e ela subiu para o sótão.

— Sou viúva e virgem.

Insistia em me contar suas intimidades. Assim, fiquei sabendo que seu pai arranjou um casamento com um primo, Francesco Salina de Caserta, que, quando a conheceu, embora tenha cumprido com a palavra, fugiu e morreu na guerra. Angelina se apaixonou.

Ainda beijava um retrato que guardava num relicário oval. Olhando a miniatura de perto, notei sua semelhança com Marcelo Mastroiani.

Ela contava do *fascio* e da guerra: "Eu tinha mais medo do *fascio* que dos bombardeios; penso que a desgraça começou com os garibaldinos e continuou com os *mussolinos*, me refiro à desgraça que assolou as grandes famílias e que, pra mim, foi planejada pelos nossos, porque os porcos *contadinos* nunca teriam iniciado nada por si sós, devido a sua natureza torpe e inepta. E também porque no fundo eles nos admiram e sonham em compartilhar nossas torres. Culpo a classe alta, os ideólogos que ela concebe, porque os *contadinos* são arrivistas e querem ser aristocratas quando chegam ao poder, mas nós, aristocratas, nascemos com pulsos e canelas finas, porque ninguém na nossa linhagem fez trabalho braçal nem pegou no pesado durante séculos".

Parecia uma mulher política em época de eleição. Dedicava a Bertha e a mim longos sermões e discursos: "Os *contadinos* voltarão à lama de onde vieram, porque tudo volta ao seu patamar e seu nível naturais e ancestrais".

A partir de 1860, a casa sofreu ataques comunistas e socialistas. Angelina escreveu muito sobre isso e, durante o *fascio*, publicou artigos com o pseudônimo de Diana Luppi. Dizia a Bertha e a mim: "Se minhas pernas pudessem alcançar, eu teria chutado a cabeça do *Duce* em Dongo".

Nunca me esquecerei dos interiores castelãos percorridos por longas horas, daqueles salões frios cujo único calor descia e emanava das tapeçarias e das madeiras, nessa cidadela oculta e fortificada por cujos corredores eu perseguia velhos vestígios dos dormitórios cujos leitos vazios, no dossel, reproduziam o brasão; e principalmente do perfume da ilha que parece incenso sem sê-lo, almíscar sem sê-lo, que não é vegetal nem animal e que anda por todos os cantos como um duende antigo.

E comecei a amar a castelã. Minha tia-avó tinha um pé na terra e outro na árvore genealógica. Embora nunca saísse do Borgo, cuidava dos seus negócios por intermédio de sátrapas bem instruídos. Um deles, Vittorio, era encarregado de supervisionar o trabalho nas minas de enxofre e no olivedo. Ágata, além de camareira, cuidava dos negócios das lojas, do cinematógrafo e de algum outro perdido por aí.

Vittorio filiou-se ao fascismo para defender o Borgo da expropriação e chegou a ser líder do movimento. Ele, Asunta e Ágata esconderam minha tia-avó durante aquele longo período. Soube depois onde a esconderam, não sem estranheza...

Minha permanência no Borgo me permitiu meditar e escrever. Angelina e eu colaborávamos para um jornal de Nápoles, e Vittorio ia receber nosso pagamento todo fim de mês. Ela se mudou definitivamente para o meu sótão e nos esquecemos do mundo, ignorando o dia e a noite, iluminadas o tempo todo com velas de sebo e do amor que professávamos uma pela outra. Ela me chamava de Francesco, eu a chamava de Luis. Assim nos proporcionamos insuspeitas, inconfessáveis alegrias que hoje me exasperam e marcam feito gado a ferro em brasa.

Aquelas infâmias ocorriam num clima de complacência infantil, e o dragãozinho minúsculo me deu o amor que todos me negaram. Concentrando-me nela, eu possuía tudo aquilo que quis e não me foi dado, assim, cumpríamos uma pela outra a missão de amor e de amar nos apaixonando pelos nossos sonhos, vigílias, fracassos e solidões, e exercitando, como dois espíritos desgraçados, o soberano ato de dar e receber, num esforço já sem esperança.

Além do ato amoroso, nada nos interessava.

Se estivesse no meu país, Sara teria gritado: "Sujas, por que não vão tomar banho?".

Ágata, por sua vez, sussurrava: "A manhã está tão escaldante que seria bom nadar na lagoa".

Fomos, e eu nadava como um peixe; ela piscava incômoda sob o guarda-sol.

Eu tinha trinta anos, que pareciam vinte e dois, nus, sobre a rocalha. Ela acariciava minha pele colada ao esqueleto como cota de malha, e um gosto ambíguo de amor nos eriçava.

— Moreninha... por quê? Nós, os Stradolini, somos loiros.

María Salomé, Lula, era loira. Já eu herdei a cor da minha mãe, marfim-claro como opalina queimada.

— Teria gostado mais de Lula?

— Nunca amei ninguém como você.

E nos uníamos no proibido como dois galhos daquela árvore podre. Órfãs, soltas e caídas num lodo mole e fofo que nos envolvia, afundando-nos, como um sexo viscoso e adorável, como um poço turvo de enguias penetrantes e sagazes no ato de saciar nosso imenso apetite contido.

Ela me disse:

— Você parece a *Maja*, de Goya.

Ágata nos servia um lanche na prainha estreita, em cujo entorno as escarpas acentuavam bordas sombrias na areia e, das cavernas, morada dos monstros, escorria uma água azul-lilás. Com olhos, os balestreiros do Borgo vigiavam do morro as esculturas dispersas como criaturas de um sonho ingrato.

Ágata trouxe uma bandeja de prata sobre a qual tremia uma torre de gelatina, vermelha pelo morango, pela canela aromática e com um pouco de marsala, como gostam os ilhéus, mas ao me ver nua ela recuou, pois sua alma camponesa jamais entenderia.

De volta ao sótão, notei que Angelina tinha os olhos irritados e um hematoma feroz sangrando no pescoço. Eu também ostentava minhas feridas de batalha.

Anjo, Angelina

Ela lia todos os jornais, que lhe enviavam do continente. Informou-me: "O governo de Perón está nas últimas".

Aquilo me alegrou pela possível devolução de minhas terras. Angelina prosseguiu: "Os negros terão que apertar o cinto, como fizeram aqui os *contadinos* depois da *mussolinada*".

Com Angelina, aprendi a encadernar. Ela salvava suas coleções expurgando-as de carunchos e traças, e guardava incunábulos em arcas. Suas mãozinhas dobravam, cortavam, torciam e colavam, e um arsenal de papel, cola e outros materiais que ela importava de Barcelona executavam textos como joias reluzentes em prateleiras de acácia e carvalho. Encadernava os contemporâneos em couro; os franceses em pele de alce; os italianos, especialmente os poetas, em camurça; Kafka e Joyce ela dispôs em contracapas de papel metálico, de zinco, como que para preservá-los de um bombardeio, e chamou minha atenção a inclusão de ambos, mas depois entendi o motivo.

Ela era extremamente habilidosa no manuseio do material para embelezar os sonhos, e muitas vezes, com impaciência, arrancava da minha mão um trabalho que esbarrava na minha natural falta de jeito para artes manuais. Ao reino das belas-

-letras, Angelina incluía com arte e elegância o vegetal das telas, o animal das peles e o mineral das pedras. Num pequeno móvel neoclássico, havia incunábulos protegidos com chenile e livros muito minúsculos de aforismos antigos cujas capas brilhavam de incrustações de ágatas, sua pedra preferida, com gradação de cores do vermelho ao chocolate em barra. Encadernou textos de análises das religiões, das origens da natureza humana, e uma tradução francesa do século 19 com uma capa que era uma rosa de granada, em cujos capítulos é possível acompanhar os ciclos dos sexos até sua definição. Copiei este parágrafo: "NÓS éramos UM SÓ, mas, por causa dos nossos pecados, fomos divididos em homem e mulher, desintegrando a suprema harmonia do andrógino".

Nesse livro, li sobre a verdadeira existência dos monstros homéricos. Seu autor, um grego que viveu na Babilônia, assegurava que esses monstros repousam dentro de cada um de nós, que somos seus agentes portadores aguardando o momento da refiguração. Então o humano se mostrará como é. Assim, os santos serão pombas; os assassinos, minotauros; os seres deformados, híbridos.

Quero escrever algo mais sobre o conteúdo do movelzinho neoclássico: numa das prateleiras internas, havia um abraxas com cabeça de serpente; os Sete Selos do Apocalipse de são João; esferas de cristal para exercitar a cristalomancia; uma varinha mágica e um trípode para adivinhar o futuro; uma taça grande em forma de cálice para praticar lecanomancia; e, empilhados, três ladrilhos ao lado de um tomo de Diodoro de Sicília, com grafias sargônidas.

Conversávamos na torre, sentadas no centro do coração da penumbra azul-lilás.

— Você queria saber por que não extirpei Kafka e Joyce da biblioteca? Não quis extirpar a metamorfose nem a estranheza, porque durante o *fascio* eu fui um bicho oculto. Vittorio se filiou e jurou pela sua honra que eu havia fugido para Londres. Mas eu estava ali.

Olhei "ali" e me pareceu um relógio cuco; aproximei-me do ponto indicado e comprovei que era uma reprodução material do quadro de Antonello, *São Jerônimo em sua cela*.

— Essa foi minha cela durante aquele tempo, e a partir desse dintel, em cima dessa sanefa, ouvi-os cantar e jogar tute; durante anos, eu os espiei pela fresta do pequeno retábulo.

Vittorio a enfiava "ali" como se fosse uma boneca, e ela penetrava pelo corredor do gabinete do santo e fechava atrás de si a portinha vermelha. Descalça, corria pelo diminuto piso de cerâmica de losangos e quadriláteros verde-musgo, e apoiava os cotovelos na sacadinha da ogiva. Aproveitava o interior monástico, ia à cátedra do apologista, vislumbrando o momento em que assina a Vulgata. Já não ouvia os gritos nem as risadas dos sáfaros, apenas o rumor da erudita pluma do tradutor e das folhas no atril.

— Não sufocava no retábulo?

— Não. Eu me entretinha acariciando a suavidade de uns vidros que não dá pra ver porque são internos, e o conteúdo de umas retortas e jarrinhas onde é maturado um licor que os filhos dos condestáveis bebiam, anões em número de sete, e que quando se bebe tudo se esquece, exceto aquilo que se queira lembrar ou descobrir.

Mostrei a ela a escultura da descoberta do buraco no pátio de cavaleiros, datada de 1848. Os cabeçudos da ilha derivam da escultura matriz. Pediu que a pusesse no retabulinho como antes Vittorio o fizera. Pouco depois, pediu que a descesse "dali".

Trazia dois dedaizinhos de licor, muito para ela, pouco para mim. Bebi a maturada relíquia, canela em ramo sem ser vegetal, almíscar selvagem sem ser animal, amarelo-topázio sem ser mineral, e ambas incursionamos pelo palácio sem portas ou janelas.

Palácio do êxtase por onde os Caserta apareceram em toda a sua grandeza e horror: príncipes amasiados com anãs, princesas com cabeçudos, e assim soubemos que nosso gene nasceu sem flor.

Nisso, desceu Jerônimo em pessoa e nos revelou a fórmula do elixir que um feiticeiro lhe doara, e que ele divulgou entre os clérigos para se apropriar da magia branca e exercê-la; conhecer a magia vermelha; comprovar a magia verde; e exorcizar a magia negra. Contou-nos que Silvestre II se excedeu na bebida do maturado elixir e soube demais; que as fórmulas alquímicas e as bruxarias são perigosas se não se é, de certo modo, cauteloso.

Ulisses

Não sei quanto tempo durou a viagem. Ao regressar, eu tinha novas rugas no rosto e mãos de oitentona. Uma tenebrosa velhice castigou minha alma e meu corpo, e desde então minha errância é de minhoca. Incinerei-me em vida. Sinto que, a partir dali, algo ou alguém me mantém presa pelos cabelos.

Angelina disse:

— Você sabe tudo e mais um pouco.

Eu precisava descansar. Angelina me deu um barco que estava ancorado na rocalha. Ela ficaria no Borgo e eu percorreria o mar como Ulisses.

Em agosto de 1955 comecei minha aventura marinha. No início não me afastava da ilha, não me atrevia a penetrar nas cavernas de noctilucas. Iates de turistas faziam o mesmo périplo: eu desencalhava meu barco no estreito de Messina, virava rumo ao Tirreno margeando Palermo e Trapani, ou em direção ao Mediterrâneo, me aproximando de Siracusa e de Catânia.

Garrafa ao mar

Fiz amizade com uma família de navegadores de sobrenome Campobaso que enriquecera vendendo arame no continente. Jamais contaria a Angelina sobre minha relação com aqueles fuleiros. Meu barco, o *Barracuda*, precisava de alguém que o limpasse, e eu de alguém que cozinhasse, por isso convidei os Campobaso para navegar comigo. Eles fariam esses misteres.

Carmelo, o pai, sabia mergulhar. Do *Barracuda* era possível avistar a costa siciliana. Quando decidimos nos afastar até perdê-la de vista, empregamos um timoneiro siracusano. Certa manhã, Carmelo gritou ao voltar do fundo: "Um barco, tem um barco naufragado".

Fomos à prefeitura de Palermo para denunciar a descoberta e nos prometeram ir de tarde, sem falta, e assim nos deixaram esperando uma semana. Finalmente apareceram com equipe especializada, redes, reboques e um bom arsenal de mergulho.

Em cestinhas, foram erguendo os objetos: uma estatueta de cerâmica preta e vermelha, uma górgona alada e serpenteada na testa cujos pés ganhavam impulso para cima, como se fosse voar, os braços como remos para navegar e o rosto feio de um deus assírio; uma montoeira de objetos de metal, entre eles, duas arrecadas de ouro que representavam um sol com raios rematados em pérolas brilhantes; um brinco como um galho de oliveira por onde trepava um querubim; várias travessas de bronze e espelhos de prata; uma lamparina de prata burilada com motivos etruscos; e o sino do barco com o nome gravado: *Lucânia*.

Para desencalhá-lo, foi solicitada ajuda de equipe técnica de origem ianque. Então vimos o trirreme, cujo diário de bordo, conservado numa arca e sem vestígios de umidade, nos informou que o *Lucânia* singrou os mares da Gália à Magna Grécia.

Nos perguntamos o que estariam fazendo, se em missão de escambo ou se eram lucumons de manto púrpura e trono de marfim. Evidentemente, um ferreiro escravo natural da Ática copiava dentro do trirreme grafias etruscas intraduzíveis e acrescentava-as à da sua pátria, ignorando, esse pária do mar, que inaugurava o Renascimento Florentino, anterior ao Partenon. Esse artífice falsificava os vasos de Corinto, porque nas guardas gregas clássicas, de repente, caudas nervosas e agitadas corroíam a serenidade egeia e o temperamental itálico ardia na guarda ateniense.

Aquele diário de bordo indicava um rumo, em grego: "Síbaris, cortar caminho pelo porto, voltar ao Peloponeso, seguir a rota do mar; parar em Cartago". Uma folha redigida nesse idioma narrava a angústia do marinheiro pela sua casa natal de graciosa arquitetura: o átrio, as lajotas decoradas com pássaros e peixes, os sepulcros dos seus manes e os filhos que talvez nunca mais visse. O *Lucânia* foi afundado por ordem de seu capitão para não revelar a rota aos bucaneiros.

E vimos a porta de ferro que conduzia ao estômago do trirreme, os ianques puxaram a argola, que cedeu, e um "ai" recendeu o ar viciado. Até os ianques se assustaram. A mulher dormia envolta em um grito de terror que acabava de ser libertado, um terror de séculos.

O diário de bordo não fazia menção a ela, então procuramos na página em que a tripulação é enumerada: "Um capitão, um comitre, um sota-comitre, oito fornalheiros, um escrivão, oito proeiros, trinta arcabuzeiros, cento e cinquenta e seis remadores". Nada sobre a mulher que agora era um esqueleto sentado, completo e sombrio, frágil como uma peça de coral negro.

Permaneceu durante séculos em sua cadeira curul pingando putrefação. Pensei que, se Afrodite tivesse esqueleto, seria como esse. Os especialistas tiraram suas medidas: "Calota pequena, maxilares delicados, testa olímpica", e concluíram que de jeito nenhum seria etrusca, em virtude de seus ossos compridos e de sua estatura de um metro e setenta. No anelar da mão esquerda, tinha um anel que um ianque tirou dali e me deu de presente. Coube perfeitamente no meu anelar e senti uma carícia distante. Contemplei a joia e notei sob a camada de esmalte uma base de ouro e, em vez de pedra, um brasãozinho esfumado.

Ela não poderia ser etrusca, os objetos de sua penteadeira denunciavam outra origem: os vasos e púcaros de vidro e marmorite — não de cerâmica de *bucchero nero* —, os estojos com *collanas* de ouro, os diademas de prata, os camafeus de Minerva Partenos, tudo sugeria que a dama era grega. Por outro lado, a joia do capitão continha selos adivinhatórios da Etrúria em forma de corvo, falcão, garça, coruja, pica-pau, doninha, gafanhoto e, embora o capitão fosse guiado por selos mágicos, a dama o era pelo Rhombus. Descobrimos isso quando escorregou de sua cadeira curul, pois em vida teria se enforcado.

"*BULLROAER*", disse um ianque e, impulsionando o Rhombus, ele o fez girar e ouvimos "*Bullroaer-Bullroaer...*", a música ritualística dos mistérios dionisíacos. Pratiquei também por alguns minutos e ouvi as duas palavras de Juan Sebastián.

Pouco depois tive um ataque de malária, me deram quinina e melhorei. Os ianques me presentearam com alguns objetos e ficaram com muitos outros; o *Lucânia* acabaria no Museu de Barcos de Palermo e o belo esqueleto, num museu de raridades.

Escorpião

Quando voltei ao Borgo, Angelina estava doente por ter ido à prainha me esperar durante semanas inteiras, de cara para o sol, que lhe fez mal: na cama, sua grande cabeça afundava no travesseiro de penas e ela me olhou com a trágica expressão das figuras etruscas. Bertha estava na mesinha de cabeceira.

O remorso me picou feito escorpião, pois havia me esquecido das duas enquanto dava uma de bucaneira e pirata.

Ágata disse:

— O sol fez mal a ela, como quando esperava pelo marido.

Angelina se animou:

— Aqui estão os jornais do seu país; Perón está nas últimas.

Uma fotografia do *La Nación* reproduzia os incêndios: as igrejas de Santo Domingo e San Nicolás queimavam. Outras igrejas já eram cinzas e escombros. Jurei fazer minha própria fogueira assim que voltasse.

Angelina melhorou rapidamente pelo interesse que a descoberta do trirreme despertou nela. Voltamos ao sótão.

Pediu para dar uma olhada no anel depois de descobrir uma data ou nome; mergulhou a joia num líquido do qual subiu uma fumarola vermelha. O anel nadava no fundo do púcaro e ia revelando datas, cifras e letras. Ela pegou uma lupa e concluiu, após a análise:

— Não é uma data, é um símbolo.

Sob a pátina de limo, lemos: "IL VIRI S.F.", e minha tia-avó contou que era a abreviatura dos nomes dos altos iniciados, guardiões dos livros sibilinos.

Continuamos lendo: "DUUMVIRI FACIUNDIS". A camundonga se enfiou quase de corpo inteiro no movelzinho neoclássico e arrastou um tomo hermético, abriu a fechadura com sua chavezinha, procurou um capítulo e penetrou nele.

— Essa senhora, a dama da descoberta, foi sibila cretense, e sendo Creta o centro do Mediterrâneo, tal equidistância conferiu à ilha o posto de capital aquática, pois seus barcos viajavam pela bacia do Mediterrâneo, alcançando o mar Jônico e o mar Egeu, arriscando-se até o Tirreno e o Adriático.

Perguntei:

— Teria sido contratada pelos *italiotas* pra exercer seus poderes?

— Ela foi expatriada de Creta nos tempos do reinado romano, em cujo seio os etruscos tiveram um importante papel; o material fornecido pela sua arca corresponde à última fase do reinado, época de Tarquínio, o Soberbo.

Trabalhamos sete dias e noites no sótão, e o anel continuava soltando ferrugem. Angelina remexia o conteúdo do púcaro com uma varinha terminada numa minúscula estrela giratória, como as dos contos de fadas, de aparência inocente, porém as raízes dessa operação se alimentavam daquela ciência que os ingênuos chamam de crendice: o ocultismo.

Para a tarefa, minha tia-avó vestia uma túnica até o tornozelo, barrete e manoplas, murmurava conjuros ininteligíveis para mim, enquanto aspergia de tanto em tanto bálsamos de bulas pré-históricas que ferviam mesmo sem serem expostos ao fogo. Ela examinava o material que os ianques me deram, e de algumas pedras cobertas de bolor surgiam relevos, lindos perfis como o do afresco *A parisiense*, de Cnossos.

E os frascos de óleos e perfumes exalaram essências usadas por mulheres de uma talassocracia morta, quando a árvore do Ocidente era apenas um broto.

De um timbre que a dama usou para assinar documentos e como selo pessoal, descobrimos seu nome: "Elida de Zancle de Caserta". Sim, senti que nossa arcaica antepassada me chamava de dentro do estômago do trirreme, e de repente fomos invadidas de compaixão familiar pelo destino de sua ossada.

Angelina disse:

— Verei um jeito de sepultá-la na necrópole Stradolini-Uccelli de Caserta.

As influências de Angelina suplantaram qualquer dificuldade e, no sétimo dia, Vittorio transportava Elida de Zancle numa das enormes urnas destinadas às peças de seda das lojas do Borgo. Vittorio estava muito sério e amargurado, pois não lhe agradava lidar com defuntos. Começamos a trabalhar na bela ossada. Com arame de cobre uníamos os ossos pequenos, e com arame grosso, os ossos grandes, que entortávamos com pinças.

Ao cabo de sete dias, *numero Deus*, ela sorria sentada em sua cadeira curul como se pousasse na sala escura de um fotógrafo. Um esqueleto tão bonito conferiria distinção a qualquer ambiente culto, e dava pena enterrá-lo. Pendurei o Rhombus nas vértebras do pescoço e ele girou, girou como um dervixe.

Angelina propôs:

— Vamos vesti-la com capa espanhola e monástica, capuz e abotoadura, porque ela nasceu em Zancle, foi educada em Creta e se casou com um condestável italiano.

Embora Elida pertencesse ao mais ortodoxo paganismo, descansaria num lugar cristão. A capela era anterior ao castelo do

Borgo e, por sua modéstia, parecia um campo fortificado em estilo romano, com sua torre de madeira quadrada saliente entre a rocalha, sua paliçada de troncos e a anteporta como passadiço. Outras ossadas repousavam na capela, como era costume na época, sobre louças perpétuas, e os restos mortais embranqueciam entre avelórios, elmos e armaduras. Em algumas, pude comprovar o estigma de nossa degradada condição.

Em busca de acomodação para Elida de Zancle de Caserta, subimos por uma escadinha caracol até a fortaleza, onde uma janelinha tipo escotilha revelava o agressivo entorno castelão, o fosso aberto em V sem ponte e um pátio de lajotas vermelhas como o da estância.

Ali morava um capelão que se recusava a abençoar a ossada. Angelina ouviu os motivos do padre e aconselhou: "É bom abençoar, porque Elida pode introduzir velhos demônios ao panteão".

O padre aceitou e abençoou.

Na fortaleza viviam os fundadores do Borgo, e Angelina pensou, de repente, que era um desperdício de fortaleza como habitáculo do sacerdote ancião, que podia muito bem se mudar para o Borgo, assim o local seria destinado ao eterno e digno descanso de Elida.

O padre mais uma vez aceitou.

Inspecionamos minuciosamente a fortaleza, e observei que era constituída de três andares e uma plataforma elevada, de modo que Elida seria castelã em sua torre com ameias, heráldicas e música, pois Angelina lhe destinara um baú espanhol musical cheio de baladas para infantas defuntas, que um cilindro com mecanismo de relojoaria, girando, esmigalhava.

Erguemos Elida: segurei-a pelo sovaco, Angelina pelos pés, e a depositamos em sua urna real. Mas aconteceu que ela me arranhou com um osso no dedo anelar da mão esquerda onde estava seu anel e, apesar da dor, não a soltei. Vi um quartilho de sangue manchar suas vestes, e o horror da cadaverina me deixou aflita. Lembrei do meu querido professor Cristofredo Jacob. Eu não teria coragem de amputar meu dedo.

Angelina opinou:

— Não se assuste, Chela, ela já tem vários séculos e a cadaverina é ptomaína de organismos pútridos.

Aquilo não me convenceu e fui com Vittorio, de carro, em busca de um cirurgião, que achou apropriado cortar no nível do osso. Com um aparelho, ele sugava o sangue enquanto operava, e pude apreciar minha falange delicada como a de Elida. Com o braço enfaixado e preso ao ombro, entrei no sótão da fortaleza. Angelina opinou que o cirurgião era um ignorante que havia cortado com crueldade. Justo naquele momento ela dispunha ao lado da dama os objetos de sua posse e aproveitei para lhe devolver o anel e foi quando percebi a gota de sangue em cima do lugar onde em vida pulsara o coração, assim, como num sacrifício, ela guardaria algo meu, enquanto eu nada herdaria dela.

Ao fechar a urna, as badaladas cessaram. Agora devíamos subir a urna até o ponto mais alto da fortaleza. Antes, brindaríamos pelo prodígio, pelo achado e pelo encontro com nossa parente, com o licor jerônimo do relicário dos Caserta, envoltas em vestes espanholas.

Erguer a urna era um enorme sacrifício para minha tia-avó, por ser anã, e para mim por causa da recente intervenção cirúrgica, de modo que, com nossas forças reduzidas ao extremo, temíamos que a preciosa carga caísse, desmantelando-se.

Depois de beber o elixir — confesso que nos excedemos —, vimos que nos ciprestes do caminho, em número de oito, brotaram braços e pernas e capacidade oral para entoar salmos, e vieram em nosso auxílio para carregarmos a falecida em seu relicário. Ah, sim... eram os capuchinhos da fortaleza do século 17, cantando louvores a Nossa Senhora. Eu tiritava num crepúsculo interno mais horrendo que a alta noite e suas circunstâncias, e aqueles oito, em marcha ereta sem tropeço, portavam o baú com seu amado e atroz conteúdo.

Assim viajava Elida de Zancle-Uccelli de Caserta, enfeitada à moda grega e etrusca e, por via das dúvidas, com traje espanhol. Pobre de mim que, por um minuto, pensei: "Eis os efeitos dos duendes do retabulinho de são Jerônimo", e minhas costas estalaram debaixo da estupenda capa. Senti uma dor horrível de vértebras deslocadas, talvez partidas, e em defesa própria mergulhei novamente no sonho para ver os ajudantes em número de oito; os dois da ponta com o rosto virado para o chão e os outros seis muito eretos.

A quem oferecia aquele delírio? A quem devia amaldiçoar ou agradecer? A que deus, a que demônio eu me consagrava? Qual era meu estado espiritual, para que um fardo tão descomunal não me derrubasse?

Subimos uma escadinha caracol, caminhando pelo ladrilho verde com minúsculos losangos decorados em direção à fortaleza e seu limite extremo, já no campo, já na ponte, já no porão da capela, e um bocado de névoa feria enquanto eu questionava quem transportava quem, e não ousava pensar mais sobre uma alucinação do meu sangue azul, antiguidade devorada por um bocado de ar e um bocado de névoa.

Que incestuoso cortejo para o Bosch do Escorial na vida de Felipe II, ou para o orgulhoso Philippe de Pot, que os encapuzados carregam na rotunda do Louvre, num piso de cerâmica de losangos.

Me lembrei dos meus amigos de Paris na noite do batismo para corujas, sob a chuva que as gárgulas de Nossa Senhora gorgolejavam, e revivi o prodígio do país dos Carnutes.

A relíquia foi posta no seu catre depois da viagem encantada.

Hoje digo que seria melhor morrer do que repetir aquelas experiências, e duvido que existam comunidades subterrâneas de cujos fios estejamos suspensos como marionetes.

Regressar de novo e de novo

Voltei à estância num dia de outubro de 1955, exausta, com um dedo semiamputado e uma ligeira corcunda, fruto daquele terrível esforço.

Voltei ao meu reduto, à minha ilha de relva, à minha planície bonaerense, e ninguém me enfrentou como Odisseu em Ítaca: só fui atacada pelo ar viciado dos quartos, pelo mofo, pelo silêncio, pela umidade, porque tudo o que era meu permaneceu fechado, pois Ariel cumpriu minhas ordens.

Subi com Bertha até o sótão, olhei pela janelinha e percebi que a cabana do jardim estava ocupada. Nisso, o sino decrépito do asilo de idosos tocou e minha atrabílis gemeu com fúria, pensando no regime peronista já derrotado.

Continuei vigiando e vi um homem que apeou e amarrou seu cavalo no poste, sumindo no interior da cabana, e pensei ter lembrado de alguém da época de Bertoldo ou Juan Sebastián, sim, alguém que envelhecera tanto que seu rosto parecia de morto e seu cabelo ficara grisalho num período mais ou menos curto de tempo.

Com Bertha no bolso, desci evitando a capela e me dirigi a um terreno, um antigo campo-santo onde agora enterravam os velhos que morriam. Encontrei Narciso aparando uns arbustos floridos:

— Senhorita, são os túmulos dos idosos... quando Deus os chama, eles são enterrados aqui.

— Na capela também?

— Não, senhorita, ali não puseram ninguém.

Arranhei um pouco de musgo da lápide de um velho que apodrecia na minha propriedade, como se me propusesse a raspar musgo, lápide e cova.

— Me leve a La Plata, quero falar com o superintendente.

— Ele vai mandar tirá-los, senhorita... coitadinhos... são de carne e osso como nós.

Narciso chorava secando as lágrimas com a boina; contou-me que os cemitérios foram dispostos pelo prefeito deposto.

— Comece a desenterrar agora mesmo.

Jurou que não o faria, porque os coitadinhos repousavam exalando "o odor de santidade".

Gritei:

— O odor de merda!

Ariel veio correndo, como era seu costume:

— Pelo amor de Deus, Chela...

Indaguei:

— Quem habita minha cabana?

— Vá olhar.

Subi ao sótão e dormi o resto do dia; depois iria ver o prefeito de facto para que me providenciasse uma equipe de limpeza. Ariel mandou uma moça caso eu precisasse de serviço doméstico, achei graça do seu nome: Dulce.*

Logo depois, Dulce avisou que o doutor me esperava no jardim. Espiei como sempre e vi o homem grisalho cara de defunto

---

* Doce, em espanhol.

que, trajado como um gaúcho, chicoteava sua bota. Por aquele gesto eu o reconheci e até ouvi: "Olá looooocos".

Arnaldo...

Mandei-o entrar no salão, que era o mesmo dos abusos infantis e não tão infantis, da festança de mamãe com o sr. Roux. Arnaldo aguardava de pé e sem esperança.

— O que você quer? Veio me admirar?

— Chela, quero salvar minha mulher, que está grávida, e me salvar...

— Se salvar? Como?

— Estou escondido na cabana porque fui considerado traidor da pátria.

— Vá embora agora mesmo ou te denuncio pra polícia.

Foi embora com a mulher no carro de Narciso.

Instalei Bertha em seu novo terrário e desci com um tonel cheio de querosene para regar a cabaninha e atear fogo nela. Eu sabia que Ariel estava articulando em La Plata a defesa do asilo e do campo-santo junto às autoridades competentes. Tudo estava contra mim.

Recebi uma carta de Messina cujo envelope cruzado por uma fitinha preta pressagiava meu luto. Minha prima de segundo grau, Diana Cerveteri de Caserta, me comunicava o passamento de Angelina, e naquela mesma noite, como se a desgraça fosse pouca, fui despertada por um gemido, sutil como se um mecanismo mínimo tivesse enguiçado, e que vinha do terrário. Bertha estava de barriguinha para cima, com um pedacinho de alface na boca. Chorei: "Bertha, por que me abandona?".

Consegui permissão para que viesse uma equipe de limpeza e, em meados de novembro, as carretas entraram no campo-santo. Da minha janelinha, eu me deleitaria com a cena.

Lá se iam os velhos desenterrados, cobertos com sacos, em três carretas lotadas. Dava para ver as pernas e os braços, porque a aniagem cobria e descobria os rígidos espantalhos cujas mãos em pinça apertavam o ar da estância em forma de chave inglesa.

O que vi depois deve ter sido efeito dos remédios aos quais eu recorria com gozo, destampando a garrafinha azul e engolindo quatro de uma vez, sem água. Um dos defuntos, que não coube nas carretas, ia erguido por encapuzados em número de oito, e ao redor do grupo pairava uma penumbra lilás, e no campo, entre a grama e o pasto crescido, floresciam pétalas que formavam losangos.

Não pude negar a semelhança com outra cerimônia. O cheiro asqueroso dissipou meu devaneio. Senti a urgência de desinfetar, de purificar.

Eu havia aprendido a fabricar bombas caseiras para fazer meus próprios incêndios, então joguei uma, com excelente pontaria, em cima do telhado do asilo dos idosos que não me permitiam desalojar. E formou-se uma grinalda serpenteante, um leque esplendoroso cujas varetas vivas espalharam-se por toda a propriedade.

Ah, sim... subi ao sótão para olhar à vontade, com a metade do corpo para fora da janelinha, e consegui distinguir os espantalhos de calçola, os espantalhos quase despidos, pelados, de camisolão mijado; brasas rolando nos meus campos recuperados, e experimentei uma rara felicidade de lixo. Alguns funcionários do governo de facto me importunaram com interrogatórios que não foram adiante e logo me deixaram em paz.

Contratei outra equipe para que raspassem o cimento, e apareceu o pátio vermelho da antiga La Angelina com o buraco do achado. Eu havia recuperado meus fantasmas.

Sentei no degrau gasto. Ratazanas gordas farejavam latas vazias e chamuscadas, alisando de vez em quando os bigodes com mãozinhas aristocráticas, fuçando, como eu, um universo submerso.

Os objetos tremiam como se estivessem num lago de geleia azul-lilás, a mesma cor de sempre, quando notei que um monte de panos se mexia e, embora quisesse fugir, não consegui, e a panaiada lentamente se humanizou, se dividiu mitoticamente como uma célula em oito silhuetas encapuzadas, que carregavam numa maca um velho jacente vindo em minha direção. Aspirei uma fragrância doce de magnólias maceradas, apalpei ossos sobre meu próprio corpo, como se meu esqueleto, libertado, tivesse se sobreposto a mim. Quis fugir e só pude rastejar molenga e miseravelmente.

Rastejei na escadinha caracol rumo ao exílio. Dulce subiu para me dizer que um senhor queria falar comigo, desci e lá estava o velhote chamuscado, a cabeça mal acoplada ao pescoço, chacoalhando com um rumor de castanholas ou pecinhas de dominó.

Senti a urina escorrer por minhas pernas, como quando papai me chamava ao seu escritório. De repente, o velho se desfez em múltiplos ossos, que estalaram com aquele barulho de jogo de dominó ou de dança cigana. Subi ao meu posto às pressas: já não rastejei.

Dulce apareceu trazendo uma bandeja com comida e refresco.

— Falou com aquele senhor, senhorita?

— Não falei com ninguém.

A moça protestou e espiou pela escotilha:

— Olhe, senhorita, lá vai ele.

Desceu diligente e o alcançou no meio do caminho. O velho se virou e acenou para mim com uma das mãos em forma de chave inglesa.

— Senhorita, é um velho louco que diz que você já sabe.

Vivi um ano na estância, durante o qual até Ariel me evitava. Planejei outra viagem. Iria investigar heráldicas, visitando castelos e penetrando em mansardas medievais. Me mudaria de século. Minha meta: Paris, como sempre.

Dessa vez, me instalei num pequeno estúdio de onde podia ouvir as badaladas da Sacre Coeur, uma água-furtada no andar de cima de uma loja de imagens votivas.

Com minhas calças sujas e minha blusa surrada, duas trancinhas caindo na minha corcunda, de tênis e carregando a bolsa de pano, eu parecia uma mendiga.

Ia às igrejas perdidas no interior em busca de iconografias e brasões; conseguia que me arranjassem uma escadinha para subir às torres, pousava onde a noite me surpreendia.

Voltei a ser a criatura sujismunda de antes, que não interessava a ninguém. Alguns acharam que eu era louca; outros, que eu era indigente, e pedi esmola para ver como se sentem os que vivem da caridade pública. Depois de semanas de vagabundagem, a urgência de um banho me devolvia ao sótão no andar de cima da loja de imagens. Às vezes tinha medo de encontrar Jules. Nunca aconteceu.

Vaguei como pó atmosférico: de Paris até Finis Terrae, pela Provença, Auvérnia, Périgord, Poitou, Normandia e Borgonha, e em Amiens vi o velho da estância, fugi a mil por hora, sem rastejar, e, para me consolar, pensei comigo que todos os idosos são parecidos. Mas, num alto-relevo de Lisieux eu o vi em chamas, quando estava numa escadinha analisando uma heráldica, e o velho estendeu um pseudópode e me empurrou. Caí de uma altura considerável, machucando o dedo da cirurgia, e percebi que a ferida supurava.

Reabri-a com uma faquinha e notei que latejava, porque umas coisinhas se mexiam ali dentro. Com a ajuda de uma lupa, auscultei e vi que as coisinhas comiam e defecavam, comiam e defecavam no meu machucado, e o aspecto de tubinhos com aberturas em cada extremidade me nauseou, então eu meti a mão numa bacia com água e sal e apertei, e um cheiro de cocô invadiu meu quarto.

No hospital, amputaram meu anelar, o mindinho e o dedo do meio; o indicador e o polegar, inúteis, formaram uma espécie de chave inglesa. Lembrava a mão de Cristofredo Jacob. Internada, não conseguia dormir e recitava à guisa de canção de ninar:

Ouro, prata, sinople, esmalte púrpura e
esmalte preto, escudo francês e
escudo italiano, peles de arminho,
contra-arminho, veiros e contraveiros,
veiros pontudos e
fundos, gironado, terciado em
pala, tranchado, talhado,
esquartelado...

Não foi em vão ter me especializado em ciências heráldicas. Meio morta, perseguia requintes de armaria, mas a insônia ia vencendo e eu mergulhava dentro de mim em busca de outras imagens.

Águia, águia bicéfala,
hidra, sereia, harpia,
Fênix, unicórnio, esfinge,
centauro, lagarto, dragão
de cauda preênsil.

Tudo inútil. Já convalescente, eu sentava numa cadeira de balanço e lia os jornais do meu país, como fazia antes Angelina, e fui descobrindo que o dinheiro argentino se desvalorizava no mercado de câmbio; o agro e a pecuária se desmilinguíam, até que os jornais argentinos pararam de chegar e li numa publicação francesa este título: "O que fizeram os argentinos com o país mais rico do mundo?".

Mais desamparada que uma oitentona, deixei o hospital e, ao atravessar a rua, uma lambreta me atropelou. Jurei que a culpa foi minha por ter ingerido droga e não parar na calçada. Jogada no meio da rua, chorei feito uma menininha de quatro anos. Como num rolo de cinematógrafo, foram desfilando minhas batalhas, meus terremotos, desastres, incêndios... principalmente meus incêndios. Me senti o bebê de uma cena do filme *O encouraçado Potemkin* rolando escadaria abaixo no meu carrinho. E pela primeira, única e última vez, gritei: "MAMÃE". Segui mancando e comprei um jornal. Com o corpo transformado num saco de dor, entrei num bar para tomar café.

Dobrei o jornal, que eu leria mais tarde. Ingeri dois comprimidos com o café. Como por um milagre, soaram os compassos de "La violetera", incitando minhas pernas compridas a bailar uma dança desengonçada que, se fosse em público, teria matado meio mundo de rir, porque minhas pernas eram a única coisa normal da minha pessoa e sobre elas se empoleirava meu corpo, apenas uma protuberanciazinha, a corcunda adquirida naquela nobre batalha do Borgo.

E minha mão.

Agora, hoje mesmo, sou um tiquinho mais alta do que foram Juan Sebastián e minha tia-avó, a amada Angelina. Com o jornal debaixo do braço, subi ao meu sótão. Desdobrei o periódico e me deparei numa página com o obituário de Luis, que falecera uma semana antes, no mesmo dia do meu acidente. No rodapé da fotografia, um extenso curriculum vitae informava entre outras coisas que ele deixava viúva, dois filhos do seu primeiro casamento e dois do segundo, netos e outros parentes. Foi por esse homem normal que desperdicei todos e cada um dos momentos da minha longa e infeliz existência?

E apesar de conhecê-lo a fundo, invoquei-o com os conjuros do meu conhecimento ocultista aprendido com minha tia-avó de

Messina, mas ele não apareceu, pois nunca me amara. Eu precisava me isolar ainda mais, então percorri antiquários para conseguir um retabulinho como aquele de Angelina, sem sucesso.

Voltei ao meu país e desde então Ariel tem cuidado de mim. Sua compaixão o levou ao ateliê de um ebanista que fez sob encomenda um retabulinho para mim, uma reprodução daquele que abriga em Messina o tradutor da Vulgata e que, durante o *fascio*, refugiara minha parente castelã. Ariel me instala no último reduto sem fazer barulho.

Dentro do retabulinho, guardo garrafinhas de ácido lisérgico porque não pude arranjar nem uma gota do elixir de são Jerônimo; guardo estojos preciosos com drágeas e pílulas que, ao se dissolverem dentro de mim, explodem em viagens realmente maravilhosas, e assim compreendo que nunca viajei tanto. A vida me rasgou, quebrou e mutilou, como todos os Caserta. Mas não reclamo, porque eu também aprontei das minhas. Achei que nada mais me atormentaria, flecharia ou queimaria, como a Ariadne no Museu do Prado, até encontrar a segunda esposa de Luis naquela clínica em La Plata.

Embora talvez tudo se deva ao sangue repetido e sem alma.

Obra editada en el marco del Programa Sur de Apoyo a las Traducciones del Ministerio de Relaciones Exteriores, Comercio Internacional y Culto de la República Argentina

[Obra editada no âmbito do Programa Sur de apoio à tradução do Ministério dos Negócios Estrangeiros, Comércio Internacional e Culto da República Argentina]

A marca FSC® é a garantia de que a madeira utilizada na fabricação do papel deste livro provém de florestas gerenciadas de maneira ambientalmente correta, socialmente justa e economicamente viável e de outras fontes de origem controlada.

Copyright © 1969 Liliana Viola, herdeira de Aurora Venturini
Copyright da tradução © 2023 Editora Fósforo

Direitos de tradução adquiridos por meio da Agencia Literaria CBQ.

Todos os direitos reservados. Nenhuma parte desta obra pode ser reproduzida, arquivada ou transmitida de nenhuma forma ou por nenhum meio sem a permissão expressa e por escrito da Editora Fósforo.

Título original: *Nosotros, los Caserta*

EDITORA Eloah Pina
ASSISTENTE EDITORIAL Millena Machado
PREPARAÇÃO Silvia Massimini Felix
REVISÃO Gabriela Rocha e Eduardo Russo
DIRETORA DE ARTE Julia Monteiro
CAPA Mateus Rodrigues
IMAGEM DE CAPA María Luque
PROJETO GRÁFICO Alles Blau
EDITORAÇÃO ELETRÔNICA Página Viva

Dados Internacionais de Catalogação na Publicação (CIP)
(Câmara Brasileira do Livro, SP, Brasil)

Venturini, Aurora, 1922-2015
  Nós, os Caserta / Aurora Venturini ; tradução Mariana Sanchez. — 1. ed. — São Paulo : Fósforo, 2023.

  Título original: Nosotros, los Caserta
  ISBN: 978-65-84568-96-9

  1. Romance argentino I. Título.

23-157512   CDD — Ar863.4

Índice para catálogo sistemático:
1. Romances : Literatura argentina   Ar863.4

Aline Graziele Benitez — Bibliotecária — CRB-1/3129

Editora Fósforo
Rua 24 de Maio, 270/276, 10º andar, salas 1 e 2 — República
01041-001 — São Paulo, SP, Brasil — Tel: (11) 3224.2055
contato@fosforoeditora.com.br / www.fosforoeditora.com.br

Este livro foi composto em GT Alpina e
GT Flexa e impresso pela Ipsis em papel
Pólen Natural 80 g/m² da Suzano para
a Editora Fósforo em junho de 2023.